AF290561

Des Sandmanns Sand

Wolfgang Stricker

Des Sandmanns Sand
Wolfgang Stricker

ISBN: 978-3950557305

Verlag:
serendii publishing 2024

(serendii)

Des Sandmanns Sand

Seit Jahrtausenden und wahrscheinlich noch länger träumen die Menschen. Und obwohl sie es schon so lange tun und jeder diesen ganz besonderen Zustand in der Nacht kennt, weiß niemand so genau, was dabei eigentlich genau geschieht. Es macht den Anschein, als ob ein Teil von uns in der Nacht in eine andere Welt entschwindet und dort lebt, ganz so wie im Diesseits, nur mit dem kleinen Unterschied, dass im Land der Träume Regeln und Gebräuche außer Kraft gesetzt scheinen. Und dann am nächsten Morgen, manchmal auch mitten in der Nacht, wachen wir auf und was gerade noch real erschien, ist plötzlich ganz weit weg. Nur der Hauch einer Ahnung beschleicht uns dann noch, dass wir insgeheim noch irgendwo in einer fernen Welt ein anderes Leben lebten. In der Welt der Träume eben.

Ebenso rätselhaft, wie es die Träume sind, gebärdet sich auch das Ritual des Einschlafens selbst. Schon als unsere Vorfahren noch vor dem Lagerfeuer saßen und die Sterne über sich betrachteten, fragten sie sich, warum ihre Körper Nacht für Nacht immer träger wurden und schließlich einschliefen, um für ein paar Stunden dieser Welt zu entweichen. Was am nächsten Morgen davon zurückbleibt, sind lediglich ein paar Sandkörner in den Augen, die aus dem Nichts gekommen scheinen.

So nimmt es auch nicht wunder, dass die Menschen in den Sandkörnern, die ihnen in die Augen gelegt waren, irgendwann auch ein Indiz dafür erkennen wollten, das zu ihrem allnächtlichen Schlafe führte. Der Sand musste sie müde gemacht haben. Die Sandkörner sorgten dafür, dass sich ihre Augen verschlossen, es dunkel um sie wurde und sie sich schließlich bedingungslos der Übermacht des Schlafes hingeben wollten.

Wie der Sand zwischen ihre Augenlider kam, war ihnen lange ein Rätsel. Doch schon bald wähnten sie einen Verdächtigen hinter diesem allabendlichen Ritual des Sandstreuens, der da bald ausgemacht war. Sicher doch musste es da jemanden geben, der es sich zur Aufgabe gemacht hatte, Nacht für Nacht jedem Kinde und jedem Greise in dieser Welt die Augen zu schließen. So manchem nur für die eine Nacht. Dem anderen für die Ewigkeit.

Schon bald war ein Name für ihn ausgemacht; der Sandmann brachte den Sand. Und obwohl ihn kein Erwachsener je festhalten konnte, um ihm die Zipfelmütze abzunehmen, wie als Beweis, dass es ihn wirklich gab, mag ihn so manches Kind beim Fenster hereinfliegen gesehen haben. Immer hatte er ein gütiges und wohlwollendes Gesicht, nie hat er ein Wort gesprochen zu einem Kinde. Doch sobald die Kleinen ihn wahrgenommen hatten und nach ihren Eltern rufen wollten, merkten sie bereits, wie ihre Augenlider schwerer wurden und sie schon in einen tiefen, sanften Schlaf verfielen. Während sich ihre Augen langsam schlossen, konnte so manches Kind noch verschwommen erkennen, wie sich der Sandmann wieder umdrehte, mit einem großen Leinensack auf seinem Rücken und wieder durchs Fenster nach draußen verschwand.

Solche Geschichten erzählten sich die Kinder und machten auch so manch Erwachsenen hellhörig. Doch wer hatte ihn beauftragt, diesen Sandmann? Was war der Lohn für seine stete

Arbeit, die die Welt zur Ruhe bringt und damit für einen wiederkehrenden Moment des Friedens sorgt? Niemand wusste es.

Ebenso wenig konnten sich weder Lehrer noch Gelehrte erklären, was es mit dem Sand auf sich hatte. Einmal in der Früh aus den Augen gewischt, schien er seine zauberhafte Wirkung verloren zu haben. So manch einer rieb ihn sich selbst wieder in die Augen, doch wurde nicht mehr müde dadurch. Doch gewiss konnte er sein, dass er am folgenden Abend wieder frischen Sand zwischen seinen Wimpern finden würde, ehe er sich ins Reich der Träume begab.

Schon frühe Alchemisten, Quacksalber und auch die Leute der Wissenschaften vermochten ebenso wenig zu sagen, woher der Sandmann seine Fuhren Sand bezog. Nur aus den Erzählungen der Kinder wussten sie, dass er diesen in einem großen Sack bei sich trug, dann mit der linken Hand hineingriff, um ihn über den Augen der Kinder in die Luft zu streuen, was oft mit einem glitzernden Schein einherging.

Wer die Gelehrten kennt, der weiß, dass ihnen eine Sache einig ist. Sie wollen Stoff zum Lehren haben; Wissen, das sie teilen können. Denn können sie einmal nicht Antwort geben, dann glaubt ihnen bald niemand mehr und ihr Ruf wäre ruiniert. Daher konnten die gelehrigen Weisen auch der Frage nach des Sandmanns Sand nicht ausweichen und sie beiseiteschieben. Sie mussten die Antwort finden und taten alles, um die Lösung für das seltsame Mysterium zu ergründen. So stellten sie Berechnungen an, untersuchten den Sand auf das Genaueste, sie wogen ihn, siebten ihn und vermaßen ihn. Sie hörten sich die

Erzählungen von Menschen verschiedenster Alters- und Bürgerklassen an und ließen sich peinlich genau von deren Träumen erzählen. Sie machten Listen von Einschlafritualen und suchten nach Schlafgewohnheiten, die sich besonders gut zum Träumen eigneten. Doch so viel sie ihre Zeit und ihren Geist dafür aufwendeten, kamen sie keiner Lösung auf die Spur. Ihre Lage verschärfte sich noch dazu, als der König ihres Landes unter Schlaflosigkeit litt. Als er davon erfuhr, dass es einen Mann geben sollte, der den Schlafsand kontrollierte, trug er den Gelehrten auf, nicht nur die Quelle des Traumsands zu finden, sondern soferne möglich, auch des Sandmanns selbst habhaft zu werden. Denn der König wollte wieder ruhig schlafen können und einen Sandmann in seinem Schloss zu wissen, konnte dabei sicherlich nicht schaden, so dachte er.

Der ungeduldige Befehl des Königs versetzte die Gelehrten noch mehr in Aufruhr. So schickte jede Gelehrtenschule einen ihrer Weisen in die Hauptstadt. Dort sollten sie sich austauschen, gemeinsam ihre Köpfe zusammenstecken und die Quelle des Sandmanns Sandes finden. So geschah es, dass sich nach und nach die Weisen aus allen Teilen des Reiches am Hauptplatz der Hauptstadt, nicht weit vom Schloss des Königs entfernt, versammelten. Schließlich galt es, dem König seinen friedlichen Schlaf zu verschaffen und daher eine der ältesten Fragen seit Anbeginn der Menschheit zu lösen. So steckten die gescheitesten Gelehrten des Landes ihre Köpfe zusammen und versuchten, dem Geheimnis auf die Spur zu kommen. Sie alle wussten, dass sie sich damit in ein Unterfangen begaben, das womöglich Wochen, wenn nicht Monate dauern würde und dass sie daran waren, ein Rätsel zu lösen, das sich womöglich niemals vollständig lösen lassen würde. Doch jeder noch so weite Weg fängt mit dem ersten Schritt an und so wollten auch sie keine Zeit verschwenden. Sie palaverten und sie berieten sich. Was der eine nicht wusste, konnte der andere sagen und wieder ein anderer vermeinte, noch mehr darüber zu wissen. Doch eine richtige Antwort hatte niemand parat. Andere wiederum machten sich auf, um auf Sandsuche zu gehen. Keine Matratze der Stadt blieb unberührt, kein Kissen ungeklopft. Selbst Sandkisten und Sandstrände am Flussufer wurden durchforstet, ob dort vielleicht Spuren des Sandmanns zu finden waren. Doch wenn etwas gefunden wurde, stellte sich jedes Mal schon bald heraus, dass es sich nur um ganz normalen Sand ohne jegliche Traumkraft handelte.

Auch nach sieben Tagen, die die Gelehrten bereits in der Stadt weilten und sich unentwegt berieten, konnte der König noch immer nicht schlafen. Die Weisen wussten das und wurden zunehmend nervöser. Sie ahnten, dass sie der Frage nach der Sandquelle des Sandmanns noch kein Stück nähergekommen waren. Zwar war der König für seine Gutmütigkeit bekannt, aber dennoch war er ein mächtiger Herrscher und niemand konnte ahnen, wozu er imstande wäre, wenn er nach so langer Zeit ohne Schlaf noch immer keine Lösung präsentiert bekäme. An jedem Tag besuchten Gesandte des Königs die Gelehrten, um sich nach dem Stand ihrer Forschungen und Beratungen zu erkundigen. Doch die Befragten konnten die Gesandten nur beschwichtigen und vertrösteten die sich immer ungeduldiger gebärdenden Vertreter des Königshofes jedes Mal auf den nächsten Tag, damit die Frage dann gelöst werden konnte. In Wahrheit hatten sie jedoch nichts zu berichten. Die Anspannung in der Stadt wuchs und so mancher der Weisen dachte bereits daran, des Nachts klammheimlich die Stadt zu verlassen, um sich der Vergeltung des Königs zu entziehen, wenn dieser erfuhr, dass die Quelle des Sandmanns Sandes noch nicht gefunden war. Doch ihre Misere sollte schon bald eine unerwartete Wendung erfahren, mit der wohl niemand von ihnen rechnete. Denn eines Abends, als sich die Gescheitesten des Landes wieder am Hauptplatz zusammengefunden hatten, um sich gegenseitig die Ergebnisse ihrer Forschungen zu präsentieren, wurde das Gemurmel am Hauptplatz, das von der Gruppe langbärtiger Gelehrter in ihren langen Roben ausging, plötzlich sehr leise. Denn durch das Stadttor, das vom Hauptplatz aus einsehbar war, kam ein sonderbares Gefährt auf den Hauptplatz zugefahren, das ihrer Aufmerksamkeit nicht entging.

Eine Art Kutsche bahnte sich den Weg in das Zentrum der Stadt, doch es war eine, wie selbst die Ältesten der Gelehrten sie in ihrem Leben noch nie gesehen hatten. Die Bewandungen dieses Fahrzeugs erstrahlten in glänzendem Purpur und waren mit reichen Verzierungen versehen. Auf der Ladefläche dieses Wagens war eine hohe Wölbung unter Decken zu erkennen, was darauf hindeutete, dass das Fuhrwerk reich mit Waren beladen war. Vorne an dem Fahrzeug, dessen Räder Meter für Meter über das Kopfsteinpflaster knatterten, saß ein Fahrer mit grauem Bart und dunkler Haut. Sein Gesicht war kaum zu erkennen, denn wie eine Kapuze war er eingehüllt in ein dunkles Tuch, das kunstvoll um seinen Körper geschwungen war. Doch was die Gelehrten am meisten verzückte, waren die Zugtiere, die dem Wagen vorgespannt waren. Denn anstatt von Pferden oder Ochsen, wurde der Wagen von Wesen gezogen, wie sie wohl noch niemand von ihnen in seinem Leben gesehen hatte. Die Dämmerung war bereits hereingebrochen in jener Halbmondnacht und es war nicht mehr viel los in den Straßen der Stadt. Ein Bediensteter der Stadt ging da seinen allabendlichen Weg, ausgerüstet mit einer Fackel in seiner Hand, um immer wieder stehenzubleiben und die vorbereiteten Laternen eine nach der anderen zu entzünden. So erhellten sich die Gassen rund um den Hauptplatz nach und nach etwas, während die Nacht hereinbrach und das Land bereits in Dunkelheit hüllte. Er bemerkte den eigenartigen Gast der Stadt, blieb jedoch seiner Aufgabe treu und führte diese gewissenhaft weiter aus. Doch wer sonst noch wach war und die Szene zufällig beobachtete, ob Handwerker, Bote oder einfacher

Passant, blieb ungläubig stehen und starrte auf die ungewöhnliche Karawane, die da gen Hauptplatz zog. Anstatt der üblichen Zugtiere, wie sie hierzulande üblich waren, entzogen sich diese Geschöpfe jedweder Beschreibung. Sie schienen größer als Pferde zu sein, hatten aber einen längeren Hals und gingen anmutig und gemächlich, als hätten sie selbst die Zeit gepachtet. Ein dickes Fell bedeckte ihren Körper, doch obwohl sie groß waren wie Rösser, schien auf ihrem Rücken kein Reiter Platz zu finden, fand sich dort nämlich die große Auswölbung eines Höckers, der die Wesen noch größer erscheinen ließ. Ehrfürchtig bildeten die Gelehrten eine Gasse, als das Gefährt auf sie zu und nach einiger Zeit schließlich am Hauptplatz angekommen in ihrer Mitte zu stehen kam.

Nur der oberste Gelehrte der Hauptstadt wagte es, den edlen, großen Tieren nicht zu weichen und vor dem Fuhrwerk stehenzubleiben. So waren die Furcht einflößenden Tiere, die das Gefährt zogen, keine drei Ellen weit mehr von dem Ältesten entfernt. Diesem ging die Angst durch Mark und Bein bei Angesicht der kolossalen Ungetüme, die da vor ihm standen. Doch wollte er seiner Rolle als oberster Gelehrter gerecht werden und sich keine Blöße geben. Er war es auch, der es als seine Aufgabe sah, im Namen aller, die da neugierig ringsum standen, den Kutscher anzusprechen. »Seid willkommen in unserer Stadt; was ist euer Begehren?« Der Kutscher blickte auf und zog seine elegante Robe, die er an den Schultern wie einen Umhang trug, ein Stück zurück, sodass sein Antlitz klarer erkennbar wurde. Seine dunkle Haut und sein langer Bart, der sehr gepflegt schien, wurden nun noch deutlicher sichtbar. Ein Goldring zierte sein rechtes Ohr. Mit einer ehrerbietenden Handbewegung, bei der er seinen Kopf leicht nach vorne nickte, fast so, als würde er sich verneigen, signalisierte der Mann, dass er in friedlicher Absicht gekommen war und von ihm nichts zu befürchten wäre. Er erklärte der Gruppe, dass er ein Händler aus dem fernen Orient war, der nur ein sicheres Quartier für die Nacht suchte und sich erhoffte, am nächsten Tage einige seiner von weit her mitgebrachten Waren am Markt in der Stadt handeln zu können. In die Stadt des Königs kamen täglich viele Händler. Das war nichts Ungewöhnliches. Doch nur selten waren sie so weit gereist, wie dieser es war. Seine fremdartige Erscheinung mitsamt seinem Fuhrwerk, das von sonderbaren Tieren gezogen wurde, verstärkte noch den Eindruck, dass jener Mann derjenige war, für den er sich ausgab. Die Gelehrten hatten keinen Grund, daran zu zweifeln. Auf deren Nachfrage erklärte er weiter, er käme aus dem Reich eines mächtigen Sultans. Dieses lag weit hinter den Bergen und über dem großen Strom, welche das Land der Gelehrten begrenzten. Das Reich seines Sultans lag weit jenseits dieser Grenze. Es war ein Land, wo die Sonne jeden Morgen aufging, ehe sie auch hier zum Himmel stieg. Erstaunt kamen die Gelehrten näher auf den Fremden zu. Sie wollten mehr von diesem sagenhaften Land hören, von dem viele von ihnen zum ersten Mal erfuhren. Also erzählte er weiter. Der fahrende Händler erklärte ihnen, dass sein Sultan über ein riesiges Reich herrschte, in dem die Sonne nie unterginge. Viele Krankheiten, die es im Land der Gelehrten gab, waren dort nicht bekannt und selbst Händler wie er sowie Bauernkinder konnten lesen und schreiben, da sie dies an Schulen lernten. Er erzählte den Zuhörenden, dass die Häuser in der Hauptstadt seines Landes alle aus weißem Stein gebaut waren und aus der Ferne wie eine riesige Stadt aus Marmor wirkten. Doch die Häuser hatten keine schrägen Dächer wie hier, die oben spitz zusammenliefen, sondern waren alle eben.

16

Auf die Frage eines Gelehrten, ob sich dann nicht der Regen auf den flachen Hausdächern dieser seltsamen Stadt sammeln würde, entgegnete der Händler aus dem Orient, das käme nicht vor, denn in seinem Land fiele oft ein ganzes Jahr lang kein Regen. In der Folge gäbe es auch keine Felder und Wiesen wie hier. Nur einige Oasen gab es rund um Wasserquellen, wo es Pflanzen gab und wo die Karawanen der Händler auf ihren Reisen Rast machten. Der Großteil des Landes aber war von einer nie enden wollenden Wüste bedeckt; Sand, so weit das Auge reichte, erklärte er den Gelehrten.

»Verzeihung. Sagtest du, Sand?«, fuhr es einem der Gelehrten heraus. Mit diesem Wort war der Händler auf einen Punkt gestoßen, der die wissbegierigen Weisen brennend interessierte. Da drehte der Händler seinen Körper etwas zurück und griff mit seiner linken Hand hinter sich. Er warf eine der Decken auf der Ladefläche seines Wagens nach oben, sodass diese zur Hälfte aufgefaltet war und ein Teil seines Ladeguts freigelegt wurde. Dann nahm er ein kleines Säckchen, das sich neben einigen anderen unter der Decke befunden hatte. Es handelte sich um ein kostbar schön genähtes Säcklein aus blauem Samt, in dem sich gut Golddukaten befinden konnten oder auch Diamanten. Voller Neugierde blickten die umstehenden Männer auf das kleine Säckchen und achteten, was der Händler als Nächstes tat. Behutsam legte er das gut gefüllte Behältnis in seine zu einer ebenen Fläche geöffnete linke Hand und begann mit der anderen Hand langsam, die Schnur des Beutels zu lösen, die sorgsam darum gebunden war, um den Inhalt des Säckchens sicher zu verwahren. Die Hälser der Gelehrten wurden immer länger. Jeder wollte genau sehen, was sich in dem Samtbeutel versteckt hielt. Neugierig verfolgten zig Augenpaare jede einzelne Bewegung des Händlers. Dann griff er mit Daumen, Zeigefinger und Mittelfinger seiner rechten Hand in das Säckchen hinein, zog sie wieder heraus und sprach. »Sand.« Um dann nach einer kurzen Pause fortzufahren: »Der Sand der endlosen Wüste« Während er diese Worte sprach, bei denen die Gelehrten fasziniert und gleichzeitig überrascht zusahen, ließ er einige Sandkörner zwischen seinen Fingern wieder in das Säckchen rieseln. Der Händler fuhr fort und erklärte den Gelehrten, dass dies nur eine winzige Probe des Sandes war, wie ihn die Wüste in rauen Mengen hervorzubringen wusste. In dem Land, aus dem er kam, gäbe es gewiss so manchen Mangel, aber sicher nicht an Sand. Die Nomaden, wie er einer war, lernen schon früh, mit dem Sand zu leben. Das Wissen um den Sand ist geradezu lebensnotwendig für sie. Von Jung an lernen sie, wie sie sich gegen Sandstürme schützen können, wie sie die Spuren der Dünen lesen können, um ihren Weg durch diese immer gleich scheinende Wüste finden zu können und selbstverständlich kennt ein jeder Nomade auch die geisterhaften Gesänge des Sandes in der Nacht.

Verdutzt und sprachlos blickten die Gelehrten den Händler an. Von vielem, was er ihnen erzählte, hatten sie niemals zuvor gehört. Vor allem hatten sie noch nie so viel auf einmal über Sand erfahren. Da suchten sie nun bereits tagelang nach der Quelle des Sandes und dem Ursprung des Sandmanns und dann tauchte da einfach wie aus dem Nichts ein geheimnisvoller Fremder in ihrer Stadt auf, der ihnen wunderliche Dinge erzählte von nie versiegenden Quellen von Sand, Stürmen aus Sand und sogar singenden Sanddünen. Mit offenen Mündern standen sie da und wussten nicht, wie ihnen geschah. Vermochte das alles nur ein glücklicher Zufall zu sein? Wenn einer etwas über Sand zu sagen wusste, so waren sie sich einhellig sicher, so musste es dieser Händler aus dem Orient sein. Verlegen nahm einer der Gelehrten schließlich seinen Mut zusammen, trat zwischen seinen Kollegen hervor und räusperte sich, um den Händler, der noch immer auf seiner Kutsche saß, zu fragen »Verzeihung, mein Herr, aber Ihr scheint so viel Wissen über Sand zu besitzen und die, wie Ihr sagt, unendliche Wüste.« Verlegen räusperte er sich nochmals, während der Händler von seiner erhöhten Sitzposition seinen Blick auf den Sprechenden fokussierte. Dieser präzisierte nun seine Frage: »Liegt es im Bereich des Möglichen, dass Ihr auch von einem Sandmann in Eurem Lande gehört habt?«

Mit ernster Miene, als hätte der Gelehrte etwas Verbotenes gefragt, schaute der Händler dem Fragestellenden tief in die Augen. Er legte das Säcklein mit dem Sand zur Seite neben sich auf den Wagen. Immer noch fest auf der Kutsche sitzend, richtete er seinen Körper auf. Bedächtig blickte er hoch zu den Sternen, während er tief einatmete und sich langsam durch seinen langen, gut gepflegten Bart strich. Als würde er gar nicht mit den Gelehrten sprechen, die um ihn herumstanden, sondern mit einem der Sterne oben am Firmament, sendete er mit bedeutungsschwerer Stimme zwei Worte gen Himmel. »Kum Adam.« Ein leises Raunen ging durch die Reihen der Gelehrten. Denn sie wussten damit wenig anzufangen. »Der Wächter der Träume.«, fügte der Fremde aus dem Osten nun mit etwas leiserer Stimme noch hinzu. Den weisen Männern um ihn herum jagte es einen kalten Schauer über den Rücken. Vor ihnen saß lebendig und wahrhaftig die Antwort auf all ihre Fragen, die sich in den letzten Tagen gestellt hatten. Sie waren auf der Suche nach der Quelle des Sandes vom Sandmann und da kam einer in ihre Stadt, der von ihm offenbar mehr zu berichten wusste als sie alle zusammen.

»Ka… kannst du uns mehr erzählen über ihn?«, brachte es der Gelehrte, der schon die Frage nach dem Sandmann gestellt hatte, gerade noch so hervor. Wieder griff der Händler zum Säcklein mit Sand, das neben ihm lag. Sachte hob er es an der Unterseite an, sodass es zur Seite kippte, um etwas von dem Sand auf dem Sitzbrett neben sich auszustreuen. Erst jetzt bemerkten die Männer um ihn herum, wie der Sand im Schein der Fackeln, die mittlerweile am Hauptplatz entfacht worden waren, auf eine seltsame Art und Weise glitzerte. Jeder von ihnen versuchte, sich noch näher an den Wagen zu drücken, um einen Blick auf den Sand zu erhaschen. Ihre vormalige Angst vor den großen Dromedaren, die dem Wagen vorgespannt waren, schienen sie nun bereits vollkommen vergessen zu haben. Gebannt hielten sie den Atem an, um jedes Wort zu hören, das den Mund des Händlers verließ.

»Der Sandmann, wie ihr ihn nennt, ist weit älter als das Reich des Sultans. Ja, manche meinen sogar, älter als die Wüste selbst.« Nach einer kurzen Pause, während der er seinen Blick durch die Runde um sich hinunter zu den Gelehrten streifen ließ, die da mit offenen Mündern standen und kaum glauben konnten, was ihnen da gerade widerfuhr und als ob er prüfen wollte, ob sie wahrlich würdig wären, über die Begebenheiten zu erfahren, in die er sie nun einweihen würde, setzte er seine Erzählung fort. So erklärte er ihnen, dass weder der Sultan seines Landes noch dessen Soldaten genau um den Sandmann, den Wächter der Träume, wussten. Denn auch sie zogen es vor, in den Städten am Rande der Wüste zu wohnen. Wer aber die Geheimnisse der Wüste kennenlernen wollte und eines der wohl größten ihrer Geheimnisse war mit Sicherheit der Sandmann selbst, der musste sich in sie begeben, sich mit ihr vereinigen und sich von ihr regelrecht verschlucken lassen. Die Einzigen, die so weit in die unendlichen Weiten der Wüste vordringen, das waren die Nomaden, wie auch der Fremde einer war. Fahrende Händlerfamilien, die seit Jahrtausenden mit ihren Karawanen durch die Dünen zogen, um die Dörfer und Städte entlang ihrer Handelsrouten, die oft Hunderte und Tausende von Meilen voneinander entfernt lagen, miteinander zu verbinden und ihre Waren feilzubieten. So waren es auch die Nomadenfamilien, die ihre Erfahrungen und Erlebnisse in der Wüste von einer Generation an die nächste in Form von Geschichten weitergaben und das bereits seit Tausenden von Jahren.

Eine dieser Geschichten, die die Kinder der Beduinen immer besonders gerne hörten, obwohl sie ihnen auch Furcht bereitete, waren die Erzählungen von Kum Adam, dem Sandmann. Er streifte bereits seit Anbeginn der Zeit durch die Wüste, lange bevor die Beduinen sie für sich erschlossen. Kaum einer hat ihn noch direkt zu Gesicht bekommen.

»Die kostbarsten Schätze dieser Welt liegen uns oft zu Füßen, doch sind wir geblendet vom Strahlen des prallen Lebens. Daher ist es manchmal lohnend, sich in die tiefe Dunkelheit völliger Leere zu begeben, um wieder klar sehen zu können. Ganz so wie in den Weiten der Wüste der Nachthimmel nicht vom Glanz und den Feuern großer Orte erhellt wird, die den Blick einschränken. So ist die Sicht in der Nacht weit. Nicht nur die Kinder wissen um die Lichterscheinungen in der Ferne, die durch die nächtliche Wüste zucken. Dann ist er wieder am Werk und bringt den Seinen den Schlaf. Er ist der Torwächter zwischen dieser Welt und der Anderswelt, in die diejenigen, die von ihm ausgewählt werden, Nacht für Nacht einen Blick werfen dürfen.«

»Träume?«, entfuhr es einem der Gelehrten leise. »Träume.«, bestätigte der Händler mit einem Nicken. »Reisen in die Anderswelt. Wer den Sandmann damit beauftragt hat und warum er uns den Blick in diese Welt gewährt, das wissen auch die Ältesten der Beduinen nicht genau. Manche meinen, es seien Warnungen vor drohendem Unheil und Gefahr oder wir träumten, um einen Blick in die eigene Zukunft gewährt zu bekommen. Andere wiederum sehen darin eine Möglichkeit, um mit den Ahnen in Kontakt zu treten. Worin sich alle Nomadengruppen einig sind, ist, dass ihm als Mittel dazu der Schlafsand dient. Keineswegs handelt es sich dabei um herkömmlichen Sand, wie man ihn zuhauf in der Wüste bei jedem Schritt unter seinen eigenen Füßen finden kann. Der Sandmann holt sich diesen Sand von einem ganz besonderen Ort. Dieser geheimnisvolle Ort liegt so tief in der Wüste, dass ihn noch kaum ein Mensch zu Gesicht bekommen hat. Kum Adam kehrt dort regelmäßig zu einer Höhle zurück. Diese liegt in einer tiefen Schlucht, so versteckt, dass es fast unmöglich scheint, dort hinunter zu gelangen. Kein Nomade weiß genau, wo diese Schlucht liegt, denn sie befindet sich fernab der üblichen Handelsrouten, die die Händlerfamilien gut kennen und auf denen sie mit ihren Karawanen verkehren.«

»Wenn die Karawanen dort keinen Handel treiben, woher wissen sie dann von der Schlucht und dem Ort, an dem der Sandmann seinen Sand holt?«, wollte einer der Gelehrten wissen. »Es war ein glücklicher Zufall in einer unglücklichen Situation.«, erläuterte der Fremde, der keine Scheu hatte, das, was er wusste, mit den wissbegierigen Gelehrten zu teilen.

Und so begann der alte Händler zu erzählen, dass es ein kleiner Junge war, der die Geschichte von der Höhle des Sandmanns in seine Familie getragen hatte und diese Geschichte seitdem von einer Familie an die andere weitererzählt wurde. Der Junge wurde eines Tages von seiner Familie getrennt, als seine Karawane weiterzog, aber er noch beim Versteckenspielen in der Oase war, in der sie Rast eingelegt hatten. Die Aufenthalte in den Oasen waren die schönsten Zeiten für die Kinder der Karawane. Während die Erwachsenen die Tiere versorgten und das Nachtlager bereiteten, ließen sich die Kinder nie die Gelegenheit entgehen, um die Umgebung zu erkunden und mit den Kindern anderer Karawanen zu spielen. So war es auch an jenem Tag, als die Händlerfamilie eine kleine Rast einlegte, um vor allem Wasser nachzufüllen. Sobald sie angekommen waren, strömten der Junge und seine Freunde aus, um endlich wieder herumtollen und spielen zu können. Am liebsten spielten sie Verstecken, denn das war an einem festen Ort deutlich besser zu spielen als in einer langen Reihe sich fortbewegender Dromedare. So spielten sie auch an diesem Tag wieder Verstecken und nutzten dafür alle möglichen Orte in der Oase. Als die Karawane die Oase verließ, waren seine Eltern sich sicher, dass er sich bei seinem Onkel am Ende der Karawane befinden musste, während sein Onkel der festen Überzeugung war, dass der kleine Junge sich ganz vorne bei seinen Eltern befand. Und so zog die Karawane los, während niemand bemerkte, dass der kleine Junge in der Oase zurückblieb. Auch dem kleinen Jungen fiel lange Zeit nichts auf. Denn er hörte weiterhin Kamele und die Stimmen von Menschen, die sich miteinander unterhielten. Denn es waren auch noch andere Händlerfamilien vor Ort, die die Wasserquelle und den Schatten der Bäume in der Oase nutzten, um sich auszuruhen und zu stärken. Der kleine Junge dachte, er müsste nun wohl ein besonders gutes Versteck gefunden haben, denn so lange er auch wartete und wartete, dass seine Freunde ihn fanden, niemand kam auch nur in seine Nähe, um sein Versteck zu enttarnen. Das lag wohl auch daran, dass er sich ein besonders gutes Versteck ausgesucht hatte. Die Kamele und Dromedare, die die Nomaden nutzten, um ihre Waren zu transportieren, hatten große Taschen aus Leder und Körbe aus Bast um ihre großen Körper gehängt. So konnten die Händler weit mehr Waren und auch Proviant für die Reise transportieren, als sie selbst ohne diese Lasttiere mitnehmen könnten. Diese Körbe waren groß genug, um Güter aller Art darin zu transportieren und sogar groß genug, um einen kleinen Jungen darin zu verstecken. Zwischen einigen Wasserbeuteln und einem Sack mit getrockneten Feigen hatte es sich der Junge in einem dieser Körbe gemütlich gemacht. Hier würde ihn niemand so schnell finden, dachte er. Und so war es auch. Niemand kam, um den Deckel des Korbes zu heben und zu seiner Überraschung den Jungen darin zu entdecken. Der kleine Mann hatte keine Ahnung davon, dass seine Familie und seine Freunde, mit denen er vorhin noch gespielt hatte, schon viele Meilen weiter gereist waren, während er hungrig an ein paar Feigen naschte und von der Süße der Früchte durstig geworden, ein paar Schlucke Wasser aus den Wasserbeuteln trank.

Mit vollem Magen und im Halbdunkel des Bastkorbes, in dem er steckte, fiel es dem kleinen Jungen immer schwerer, wach zu bleiben. Er langweilte sich bereits, doch auf keinen Fall wollte er ein so gutes Versteck selbst preisgeben. Also blieb er in dem Korb sitzen und wartete weiter darauf, von seinen Freunden gefunden zu werden. Und ehe er sich's versah, fielen ihm schon die Augen zu.

Der kleine Junge hatte kein Gefühl dafür, wie lange er schon in dem Korb gesessen hatte, als er unsanft geweckt wurde. Eine Bewegung hatte ihn aus seinem Schlaf geholt und er hatte keine Ahnung, was geschehen war. Als er sich in den vier Wänden seines Korbes so umsah, bemerkte er, dass etwas nicht stimmte. Der Boden und die Wände des Korbes schienen sich zu bewegen, ja, zu schaukeln. Immer wieder wankte sein Körper von der Bewegung hin und her, sodass der kleine Junge in dem Korb Mühe hatte, aufrecht zu sitzen. Er wusste sich keinen Reim darauf zu machen, bekam es aber mit der Angst zu tun. Daher beschloss er, sein Versteck nun besser preiszugeben und den Deckel des Korbes zu öffnen. Also streckte er seine Arme nach oben, um den Korbdeckel anzuheben und versuchte, sich in dem Korb etwas aufzurichten, um hinausblicken zu können und zu erfahren, was dieses ständige Schaukeln verursachte. Als die zwei mandelbraunen Augen des Jungen durch einen Schlitz unter dem leicht angehobenen Korbdeckel blickten, wurde ihm sogleich schwindelig. Nicht nur, dass sich die Welt da draußen zu bewegen schien, er konnte auch die Palmblätter nicht mehr sehen, die noch hoch über dem Korb hingen und Schatten spendeten, als er hineingekrochen war. Das war jedenfalls nicht mehr die Oase, wo die Karawane Rast gemacht hatte. Doch wo war er dann und wo waren seine Familie und die anderen seiner Karawane, fragte er sich, während er wieder am Boden des schaukelnden Korbes kauerte. Schließlich sah er keine andere Möglichkeit, das herauszufinden, als sein Versteck ganz zu verlassen und so einen besseren Blick nach draußen zu gewinnen. Also nahm er all seine Kraft zusammen und stieß den schweren Deckel des Bastkorbes auf, um sich besser umsehen und wieder zu seinen Eltern gelangen zu können. Doch da waren keine Eltern. Da war überhaupt niemand! Nur die weite, endlose Wüste. Sand, so weit er sehen konnte. Keine Oase mehr in Sichtweite und schon gar keine Menschenseele war zu sehen. Erst jetzt bemerkte der Junge, dass das Schaukeln des Korbes von dem Dromedar verursacht wurde, an dem der Korb befestigt war. Das Tier musste einfach losgegangen sein, ohne dass es jemandem aufgefallen war. Wer weiß, wie lange es schon gegangen war. Der Junge wusste ja nicht einmal, ob es noch derselbe Tag war, an dem er in den Korb gestiegen war oder ob vielleicht schon eine weitere Nacht dazwischen lag, in der das Lasttier durch marschiert war. Der kleine Junge schien verloren. Sicher musste seiner Familie schon aufgefallen sein, dass er sich nicht mehr bei der Gruppe befand. Doch niemand konnte wissen, wo er abgeblieben war. Der Junge wusste es ja nicht einmal selbst. Auch das Dromedar zu fragen, das ihn im Korb durch die Wüste trug, machte wohl wenig Sinn. Es war nicht einmal klar, ob das Tier wusste, dass es nicht allein durch die Wüste stapfte, sondern einen Passagier mit sich führte. Das dürfte es auch wenig kümmern. Gleichmäßig und gemächlich bewegte sich das Dromedar weiter vorwärts, ganz so, als hätte es ein klares Ziel vor Augen. Zu hören war nur die immer gleiche Abfolge des Sandes, der von den Hufen des Tieres bei jedem Schritt aufgeschüttet wurde. Seine aussichtslose Situation erkannt, klappte der Junge den Deckel des Korbes wieder zu, damit er so besser vor der Sonne geschützt war. Kurz überlegte er, ob er aussteigen und den Spuren zurück in die Oase folgen sollte. Doch weder wusste er, wie weit sie schon gegangen waren und ob er eine solche Strecke bei sengender Hitze überhaupt schaffen könnte noch war gewiss, dass die Spuren des Tieres nicht schon längst vom Wind verwischt waren. Dann wäre er mitten in der Wüste gestrandet und wüsste auch nicht, wohin er sollte. Hier hatte er zumindest noch ein wenig Wasser zu trinken und Feigen, die er essen konnte. Er nahm sich vor, sich seinen Proviant gut einzuteilen. Außerdem gab es auf der anderen Seite des Lasttiers noch einen weiteren Korb, der seitlich an dem Tier herunterhing. Vielleicht war dort noch etwas Essbares zu finden, wenn der Junge die Vorräte in seinem Korb erst einmal aufgegessen haben würde. Also blieb er in seiner kleinen schaukelnden Behausung und hoffte, dass das Dromedar mehr darüber wusste, wohin ihre Reise die beiden führen sollte. Eine Träne huschte über seine Wange, als er sich seiner ungewissen Situation gewahr wurde und er merkte, wie sehr er seine Eltern bereits vermisste. Doch er schwor sich, jetzt tapfer sein zu wollen. Wenn er jetzt nicht tapfer für sich sein wollte, wer dann?

Da fiel dem Jungen etwas leicht Kratzendes an seinen Wimpern auf. Beim Ausblick aus dem Korb waren ihm wohl Sandkörner in die Augen gekommen. Denn in seinem Augenwinkel fühlte er eines davon, das er sich mit dem Handrücken wegwischen wollte. Tatsächlich nahm der Junge wahr, dass draußen etwas Wind aufkam. Auch durch die schmalen Schlitze des Korbes machte sich manchmal ein Windhauch bemerkbar. Wind inmitten der Wüste, das verhieß meistens nichts Gutes. Die Aufregung hatte den Jungen müde gemacht und so fielen ihm noch einmal die Augen zu und er schlief ein. Doch es sollte kein ruhiger Schlaf werden. Denn schon bald fand sich der kleine Junge in einem Traum wieder, der ihm nicht geheuer war. Er sah sich selbst in diesem Traum an einem fremden Ort. Er konnte sich nicht erinnern, schon einmal an jenem Ort gewesen zu sein. Er bewegte sich eine Straße entlang und alles an ihr erschien ihm dort völlig fremd. Etwas vor ihm sah er auch andere Menschen. Diese hatten eigenartige Gewänder an, wie er sie noch nie gesehen hatte und die Gebäude dieser Stadt waren auf eine Art gefertigt, wie er sie von den Städten und Orten, die seine Familie mit der Karawane bereiste, nicht kannte. Dann sah er plötzlich viele fremde Männer auf sich zukommen. Sie murmelten Unverständliches durcheinander und umringten ihn schon bald. Es schien, als starrten sie ihn alle an, als ob sie von ihm etwas forderten. Was waren das für Männer? Ging von ihnen Gefahr aus? Waren es Räuber, gar Magier? Und was wollten sie von ihm? Er bekam Angst und wollte am liebsten Reißaus nehmen. Doch schien er wie festgewachsen zu sein und sich nicht bewegen zu können.

Plötzlich schreckte ihn da ein lautes Geräusch hoch und er wachte aus seinem Traum auf. Obwohl er froh war, dass es sich nur um einen Traum handelte und er wieder wach war, fand er keine Orientierung. Denn schließlich war er nicht zu Hause im Zelt seiner Eltern, sondern nach wie vor in einem dunklen Korb, an dessen Umgebung er sich noch nicht gewöhnt hatte. Ein tosendes, lautes Geräusch war draußen zu hören und der Korb, in dem der Junge saß, schien sich nicht mehr zu bewegen. Was war geschehen? Durch jede Spalte und jeden Schlitz des Korbes schien der Wind zu pfeifen und die permanente Geräuschkulisse von draußen war ohrenbetäubend laut. Es war klar, sie mussten in einen Sandsturm geraten sein. Kurz war er versucht, den Deckel des Korbes zu öffnen. Doch sobald er dies versuchte, wehte es Sand in das Innere des Korbes und schmerzte ihn am Gesicht. Er wusste, dass er nun gefangen war, solange der Sturm anhielt. Anstatt einen weiteren Ausbruch zu wagen, beschloss er, dass es besser war, den Korb so gut es ging abzudichten und zu hoffen, dass sich der Sturm bald legen würde. Er nahm ein Tuch, das am Korbboden zu finden war und das ihm bisher als bequeme Unterlage diente. Damit versuchte er, die Seite des Korbes, aus der der Wind am meisten durch die Spalten zog, möglichst abzudichten, um es darin besser aushalten zu können. Außerdem hielt er den Deckel des Korbes von innen mit zwei Fingern an einer Art Lasche fest, die sich daran befand. So hoffte er, dass sich der Korb nicht durch den Wind öffnete. Denn dann wäre sein Schutz dahin und der Sturm würde den Korb im Nu voll Sandstaub wehen. Wer weiß, wie lange verharrte der Junge so inmitten des Sturms. Ohne zu wissen, wann dieser enden würde oder was danach geschehen würde. Sicherlich würde es seiner Familie nun noch schwerer fallen, ihn zu finden, so fürchtete er. Denn bestimmt waren auch sie in den Sturm geraten und konnten nicht einfach weiter nach ihm suchen, sondern mussten erst einmal den Sandsturm abwarten. Seine Situation schien immer hoffnungsloser zu werden. Doch ihm blieb nichts übrig, als sich in Geduld zu üben und sein Schicksal zu ertragen. Er hoffte nur zu sehr, dass der Sturm bald nachlassen würde, doch davon war keine Spur zu erkennen. Wie eine Ewigkeit kam es ihm vor. Krampfhaft an der Lasche festhaltend und in einer unangenehmen Position saß er im Korb und hoffte Minute um Minute, dass er noch diesen Sturm überleben würde und ihn dann doch bitte irgendjemand finden könnte. Die ganze Anspannung und die Angst hatten ihn so müde gemacht, dass er gar nicht bemerkte, wie er wieder einschlief.

Später, als sich die Augen des Jungen wieder öffneten, fand er sich in derselben Position wieder, wie die, als er eingeschlafen war. Er sah, dass sein Zeigefinger wie zuvor noch immer fest in der Lasche über sich festhing. Obwohl sein Geist eingeschlafen war, musste sein Körper instinktiv in dieser Stellung verharrt haben, um sich vor dem Sturm zu schützen. Das Blut war längst aus den Adern des Fingers getreten, sodass sich die vordersten Fingerglieder taub anfühlten, als er den Finger herauszog. Erst langsam floss das Blut wieder zurück. Er blickte auf seine Hand, die er in seinen Schoß gelegt hatte und beobachtete, wie der Finger wieder begann, unkontrolliert zu zucken, als der Lebenssaft seines Körpers nun wieder in das vorderste Fingerglied strömte. Davon beinahe völlig eingenommen, wurde ihm plötzlich jedoch wieder gewahr, dass er noch immer in dem Korb saß. Aufmerksam lauschte er, ob der Wind draußen noch blies. Doch es war wieder ruhig geworden. Kein Sturm war mehr zu hören und kein Wind, der durch die Schlitze des Korbes pfiff. Der Sturm hatte sich offenbar gelegt. Das war der Moment, auf den der Junge gehofft hatte und er war überglücklich, den Sturm überstanden zu haben. Bevor er sich daran machte, einen Blick nach draußen zu werfen, nahm er noch einen großen Schluck aus einem der Wasserbeutel, um seinen Durst zu stillen. Vorsichtig hob er den Deckel des Korbes an, der ihn vor dem Sand geschützt hatte, der sonst durch den Sturm eingedrungen wäre. Er stieß ihn ganz auf, sodass er den Himmel über sich sehen konnte. Die Dämmerung war bereits hereingebrochen und die Sonne war gerade dabei, sich am Horizont herabzusenken. Die Welt um ihn herum war in ein intensives Orange getaucht, das sich von Atemzug zu Atemzug verfinsterte. Als der Junge sich in dem Korb aufrichtete, bemerkte er, dass seine Beine sich an die ausgestreckte Position erst wieder gewöhnen mussten. Zu lange war er zusammengekauert in der Enge des Korbs gehockt. Er hielt sich an der Seitenwand des Korbes an, als er aufstand, um sich umzusehen, wo er sich genau befand. Als er sich einmal im Kreis um sich selbst drehte, um so die Umgebung zu erkunden, stellte er fest, dass sich die Landschaft um ihn herum verändert hatte. Der Korb lag zwischen zwei großen Felsen. Das Dromedar musste vor dem Sturm Zuflucht gesucht und dafür diesen Platz ausgewählt haben, an dem auch der Junge in dem Korb tatsächlich besser geschützt war. Nur von dem Dromedar selbst war nichts mehr zu sehen. Als der Junge aus dem Korb stieg und wieder den Sand unter seinen Füßen fühlte, bemerkte er jedoch auffällige Mulden im Sand, die von den Körben wegführten. Sie mussten von dem Dromedar stammen, das den Ort offenbar eilig verlassen hatte. Die Spuren jedoch könnten noch von dem großen Tier stammen. Der Junge überlegte, ob er der halb verwischten Fährte folgen sollte. Links und rechts davon war der Weg von großen Felsen gesäumt, die so eine Gasse formten. Je weiter er blickte, umso mächtiger wurden die Felsen zu beiden Seiten. Das Dromedar konnte also nur diesen Weg gewählt haben. Doch er merkte, dass sein Körper zögerte, die Nähe des Korbes zu verlassen. Zu lange war er bereits darin gewesen und hatte sich an dessen schützende Umgebung gewöhnt, die ihn sicher durch den Sturm gebracht hatte. Sollte er wirklich diesen vermeintlich schützenden Ort verlassen, um sich auf das Ungewisse einzulassen? Da fielen ihm plötzlich die Worte seines Onkels ein; ein guter Mann, der schon viel in seinem Leben erlebt und gesehen hatte. Er sagte seinem Neffen einmal, »Wer das Gewohnte niemals verlässt, kann niemals Neues entdecken. Und wer nichts Neues entdeckt, kann nicht wachsen. Der Weg vor uns ist immer ungewiss und fremd. Doch erst, wenn wir zur nächsten Biegung gehen, können wir sehen, was uns dort erwartet und wieder nur ein Stück bis zur nächsten Kreuzung sehen.« Nun war sich der Junge sicher, dass er losgehen musste, wenn er eine Chance haben wollte. Was sollte er auch sonst machen? In die Wüste hinauszugehen erschien ihm ebenso sinnlos, wie einfach beim Korb zu warten, zu dem er schließlich auch jederzeit wieder zurückkehren konnte. Eilig nahm er ein paar Feigen und steckte sie in seine Hosentasche, bevor er sich einen Wasserbeutel um die Schulter hängte. Dann fiel ihm der zweite Korb in den Blick, der umgekippt etwas entfernt davon lag und den er zunächst auf der anderen Seite des Lasttiers befestigt sah. Der Korb schien nun halb von Sand vergraben, doch war er umgekippt und sein Deckel stand weit offen. Der Junge sah dort etwas Glänzendes hervorblitzen. Das wollte er sich näher ansehen. Er schritt auf den Korb zu, um seinen Inhalt besser in Augenschein zu nehmen. Besteck war darin zu finden und feine Tücher, die der

Händler, dem der Korb gehörte, wahrscheinlich verkaufen wollte. Das, was da glänzte, interessierte den Jungen allerdings mehr. Es war eine Öllampe. Ihr Metallgehäuse mutete beinahe wie Gold an, wenngleich es sich sicherlich nur um Kupfer oder ein anderes Metall handelte. Es schien auch noch Öl in der Lampe zu sein. Wenn sich eine Lampe in dem Korb befand, konnten auch Streichhölzer nicht weit sein, dachte der Junge. Und so war es. Eingerollt in eine Art Ledereinband fanden sich mehrere Streichhölzer. Der Junge beschloss, sich die Lampe an den Halfter des Wasserbeutels zu hängen, den er sich umgehängt hatte und steckte die Streichhölzer ein. Die Nacht kündigte sich bereits an und er würde mit Sicherheit froh sein, wenn er sich Licht damit machen könnte. Außerdem wollte er auf sich aufmerksam machen können, sollte seine Familie bereits nach ihm suchen und sich in der Nähe befinden. Mit der Öllampe könnte er ihnen ein Signal geben, um ihnen anzudeuten, wo er sich befand. Selbst, wenn sie noch Meilen entfernt wären, könnte er ihnen so die Richtung andeuten, wo sie ihn finden würden. In der Dunkelheit ist selbst ein kleines Licht weit zu sehen, sofern es nicht von anderen Lichtquellen überstrahlt wird. Und solche gab es in der Wüste nicht, sieht man einmal vom prachtvollen Sternenhimmel ab, der hier klarer und besser zu bewundern ist als an jedem anderen Ort der Welt, mit Ausnahme des weiten Ozeans vielleicht. Doch nur wenige Seefahrer, die so weit draußen waren, kamen auch wieder zurück, um davon berichten zu können.

Als er sich die für ihn nützlich erscheinenden Dinge eingesteckt hatte und das Innere des Korbes noch einmal geprüft hatte, ob sich darin nicht noch etwas befand, das er brauchen konnte, machte er sich auf. Er wollte den Spuren des Dromedars folgen, bevor er diese nicht mehr erkennen würde, wenn die Dunkelheit einmal von der Landschaft Besitz genommen hätte. Je weiter der Junge ging, umso mächtiger wurden die Felsen, die sich zu beiden Seiten des Weges auftürmten. Reichte der größte unter ihnen anfangs gerade einmal bis zur Schulter des Jungen, sodass er noch darüber blicken und den Horizont in der Ferne sehen konnte, so übertrafen die Felsen nun bereits die Körpergröße des Jungen um ein Mehrfaches. Die Mächtigkeit der Felsen hatte etwas Einschüchterndes an sich und dennoch fühlte sich der Junge in der Mitte des Weges geschützt. Hier war es ruhig und von den felsigen Steinwänden, die den Weg bildeten, in dem er sich bewegte, ging eine angenehme Energie aus. Wahrscheinlich war es lediglich die Hitze des Tages, die sich an den großen Steinflächen gesammelt hatte und die diese nun über die Nacht wieder an die Umgebung abgaben. Das konnte dem Jungen nur recht sein. Denn in der Nacht konnte es selbst in der Wüste sehr kalt werden. Dieser Ort jedoch schien ihm nicht der schlechteste, um die Nacht zu verbringen und schön langsam konnte er auch verstehen, warum das Dromedar diesen Weg gewählt hatte. Ohne es zu verstehen, vertraute es wahrscheinlich einfach seinem Gefühl und wählte den Weg, der ihm am sichersten erschien. Wie ein Flusslauf machte der Weg immer wieder Biegungen und Kurven. Mal konnte der Junge immer nur ein paar Meter sehen, manchmal eine längere Strecke, bis sich wieder eine Biegung zeigte. Die Felswände, die den Weg begrenzten, waren mittlerweile so hoch wie Häuser und ragten steil in den Himmel. Als der Junge nach oben blickte, sah er lediglich ein schmales Band des Himmels über ihm, wo der Abendstern bereits zu sehen war. Wie der Junge von seinem Onkel wusste, der oft schon seltene Waren an die Sternwarte des Sultans geliefert hatte, handelte es sich beim

Abendstern um keine Sonne wie es viele der anderen Sterne sind, sondern um einen Planeten. Der Junge blickte hoch zu dem hellen Punkt am Abendhimmel und fragte sich, ob auf diesem Planeten dort oben auch gerade ein Junge orientierungslos durch die Wüste irrte und ebenso wie er hoffte, dass irgendjemand ihn finden würde. Vielleicht blickte dieser Junge ebenso gerade hoch zum Nachthimmel seines Planeten und hatte ähnliche Gedanken wie der Junge hier auf der Erde. Gerade als er sich in dieser Vorstellung verlor, schreckte ihn jäh ein Geräusch auf. War das eine Stimme, die er da hörte? Er merkte, wie sein ganzer Körper sich schlagartig versteift hatte. Der Junge musste tief Luft holen, bevor er wieder einen klaren Gedanken fassen konnte. Soeben war er noch sicher gewesen, dass er weit und breit alleine war und dann hatte er da aber kurz dieses Geräusch gehört, das ihm irgendwie bekannt vorkam. Er fragte sich, ob er vielleicht schon halluzinierte. Er wusste, dass in der Wüste manchmal Bilder von Menschen oder Städten an Stellen auftauchen konnten, wo gar keine waren. Warum nicht auch Töne und Geräusche? Da war es schon wieder! Es hörte sich an, wie ein kurzes Schnauben, dem ein leises Brummen folgte. Noch immer konnte er nicht genau deuten, worum es sich dabei handelte, doch eines war gewiss. Er war hier nicht allein. Das Geräusch war aus der Richtung gekommen, in die er gerade im Begriff war, zu gehen. Wenn er Glück hatte, war dies seine Rettung und er würde bald wieder zu Hause sein können. Wenn er jedoch Unglück hatte, dann waren es Wüstenräuber, die ihm das wenige, das er hatte, auch noch abnehmen würden, um dann ein Stück seiner Kleidung und eine Locke seines Haares als Beweis zu nehmen, dass sie ihn gefangen genommen hatten und von seinen Eltern Lösegeld zu erpressen, wenn sie ihn wieder freikaufen wollten. Der Atem stockte dem Jungen bei dem Gedanken. Doch er hatte keine Wahl, er musste sich selbst davon überzeugen, was hinter der nächsten Biegung auf ihn wartete. Langsam und so leise wie er nur konnte, wagte er sich Schritt um Schritt, Meter um Meter weiter nach vor. Das Gehen fiel ihm dabei noch leicht, doch er hatte das Gefühl, dass sein Atem meilenweit hörbar war, so aufgeregt war er. Aus Angst, durch seinen Atem verraten zu werden, hielt er sich die Hand vor den Mund, in der Hoffnung, dass er dadurch leiser wurde und auch, um selbst besser hören zu können, was hinter der Felskante vor sich ging. Doch nun hörte er die Stimme nicht mehr. Nur ein Schnaufen war da ab und zu noch zu hören. War er bereits entdeckt worden und waren die Räuber deshalb nun leise, um ihn in die Falle locken zu können? Das Herz schlug dem kleinen Jungen bis zum Hals. Mit der Hand tastete er sich an einer der Felswände entlang und stand nun kurz vor der Steinkante der nächsten Biegung. Nun müsste er sich besonders leise verhalten und dann unbemerkt einen Blick dahinter werfen. Er nahm seinen ganzen Mut zusammen. Langsam beugte er seinen Oberkörper über die Kante, die die Felswand bildete, um einen Blick dahinter werfen zu können, während seine Finger sich fest in die Steinfläche krallten. Da sah er plötzlich einen Schatten huschen. Erschrocken fuhr der Junge zusammen und versteckte seinen Körper wieder hinter der Felswand. Etwas hatte sich da bewegt, nur wenige Meter von ihm entfernt. Nun war er ganz sicher, dass er hier nicht alleine war. Sein Puls raste, doch er musste sichergehen, dass seine Wahrnehmung ihm keinen Streich gespielt hatte. Das Mondlicht war stark genug, um auch seinen Schatten schwach am Boden abzubilden. So würde er auch die Umrisse der Räuber sehen können, so sich welche dort befanden. Er musste sichergehen. Also beugte er sich noch einmal über die Felskante und beim zweiten Blick, den er wagte, war er erschrocken und gleichzeitig erleichtert. Denn er konnte nun klar erkennen, dass sich da vor ihm ein riesiges Wesen bewegte und er nicht falsch lag. Allerdings handelte es sich zu seiner Freude nicht um grimmige Räuber, die durch die Wüste streiften, sondern lediglich um sein Dromedar, das ihn überhaupt erst an diesen seltsamen Ort gebracht hatte. Noch immer zitternd, jedoch nun mit deutlich ruhigerem Herzschlag, ging er auf das große Tier zu, das da im Sand vor der Felswand lag. »Du hast mir aber einen Schrecken eingejagt.«, sprach er zu dem Tier, als könnte es ihn verstehen und strich ihm dabei über den Hals. Dem Tier schien es gut zu gehen. Wahrscheinlich war es genauso erleichtert, dass es nur der Junge war, der sich ihm näherte und keine Räuber. Es lag da im Sand und machte einen zufriedenen Eindruck. Wahrscheinlich hatte es den Sturm hier abgewartet und mit Sicherheit war es hier deutlich windstiller als an dem Platz, wo der Korb vom Dromedar abgefallen war. Die großen Felsformationen um sie herum formten hier eine Art Lichtung. Wie ein Trichter gingen die kreisförmigen Felsen rund um sie nach oben auseinander. Noch einmal warf der Junge einen Blick auf den Himmel, wo sich schön langsam immer mehr Sterne zeigten und das Abendrot der Sonne nur mehr ein leises Glimmen in der Ferne war. Der Junge überlegte, ob er die Nacht hier verbringen sollte. Wenn der Platz für das Lasttier gut war, dann war er das wohl auch für den Jungen. Außerdem würde er sich dann nicht so alleine fühlen, dachte er. Schließlich war das Dromedar die einzige Seele weit und breit außer ihm. Viel lieber wäre es ihm gewesen, wenn er sich an seine Mama kuscheln könnte und sein Papa den Arm um ihn legen würde. Doch er wusste, das würde heute nicht mehr möglich sein. So musste er mit der tierischen Gesellschaft Vorlieb nehmen und auch das große Dromedar, das da im Sand lag, schien sich nicht groß daran zu stören, dass sich der Junge an ihm anlehnte, um es sich in einer halb sitzenden, halb liegenden Position so gemütlich zu machen, wie er nur konnte. Wahrscheinlich freute sich das Tier ebenso über ein bisschen Gesellschaft in dieser einsamen Nacht. Hätte er doch die feinen Tücher mitgenommen, die in dem Korb mit der Öllampe gelegen hatten, dachte er nun. Dann könnte er sich nun damit zudecken und besser schlafen. Doch an richtiges Schlafen war ohnehin nicht zu denken, wie er noch feststellen sollte. Zu ungewöhnlich war die Umgebung für ihn, als dass er sich entspannen und einfach einschlafen könnte. Außerdem hatte er schließlich am Tag davor schon im Korb viel geschlafen und war daher gar nicht wirklich müde. So begnügte er sich damit, nur die Augen zu schließen und ein wenig dahin zu dösen. Ab und zu, wenn der Wind ein wenig stärker durch die Schlucht pfiff, öffnete er die Augen wieder, nur um zu sehen, dass sich an seiner Situation nichts geändert hatte, aber die Sterne am Nachthimmel über ihm wieder ein kleines Stück weitergewandert waren.

Lange ging das so. Immer wieder fielen ihm die Augen zu, aber dann blinzelte er wieder und kam nicht recht zur Ruhe. Gerade dann, als er im Begriff war, wahrscheinlich wirklich einzuschlafen, rüttelte ihn plötzlich etwas wach. Es war ein kurzer, heftiger Windstoß, der mit lautem Getöse durch die Schlucht fegte. Sofort war der Junge wieder wach, seine Augen waren weit aufgerissen. Im Moment eines Augenblinzelns nahm er noch wahr, wie dem Windstoß ein greller Lichtblitz gefolgt war. Es war ihm, als ob eine Lichtkugel von dem Weg, wo er die Schlucht betreten hatte, an ihm vorbeigezogen und noch tiefer in diese eingedrungen war. Auch das Dromedar, an dem er noch immer angelehnt lag, war voller Unruhe. Das Tier hatte demnach auch etwas bemerkt und war ebenso wie der Junge aus dem Schlaf gerissen worden. So war er sich sicher, dass er sich nichts eingebildet hatte, sondern da tatsächlich etwas Ungewöhnliches im Gange war. Er blickte sich um, konnte aber nichts mehr entdecken. Erst als er seinen Blick auf die gegenüberliegende Seite des Weges richtete, von dem er gekommen war, merkte er, dass da etwas war. Dafür musste er seinen Kopf weit drehen und sich etwas aufrichten. Denn der Blick war von einem kleineren Felsen verdeckt, neben dem das Dromedar und der Junge ihr Nachtlager bezogen hatten. Die Haare seines Armes richteten sich auf und seine Atmung beschleunigte sich. Erst jetzt konnte er erkennen, dass die Lichtung keine Sackgasse war, sondern der Weg in einem Bereich der Felswand noch weiterging. Allerdings führte der Weg dort in einen Höhleneingang und in genau jener Höhle konnte er einen Lichtschein erkennen, der immer schwächer wurde. Gerade so, als wenn jemand mit einer Lampe die Höhle hinabsteigen würde. Er hörte außerdem etwas wie einen Gesang. War da tatsächlich jemand, der in dieser Höhle wohnte? Oder hatte seine Familie Leute losgeschickt, die ihn suchen sollten und war dies nun einer von ihnen, der jedoch an ihm vorbeigegangen war? Sicherlich würde er annehmen, dass der Junge sich in der Höhle versteckt haben könnte und daher auch dort suchen. Der Junge beschloss, diese Chance nicht verstreichen zu lassen und dem nachzugehen. Da es bereits mitten in der Nacht war und auch in der Höhle kein Mondschein zu erwarten war, wollte der Junge nun die kleine Lampe benützen, die er bei sich hatte.

Aus seiner Westentasche zog er die Zündhölzer heraus und machte eines an. Vorsichtig öffnete er das kleine Türchen der Öllampe und schob das brennende Zündholz hinein, sodass der Docht darin entfacht wurde. Dann schüttelte er das Streichholz, sodass dessen Flamme erlosch und schloss das kleine Glastürchen an der Lampe, um die Flamme vor Wind zu schützen. Er nahm die Lampe oben an ihrem kleinen Griff und hob sie daran hoch. Sie spendete ihm ein schönes, warmes Licht und würde den Weg vor ihm gut ausleuchten. So konnte er sich in die Höhle hineinwagen und sehen, wer da vorhin in sie eingetreten war. Neugierig, aber verschlafen warf das Dromedar noch einen kurzen Blick auf den Jungen, der sich da mit der Lampe in der Hand langsam von ihm weg bewegte, verfiel aber bald wieder in seine gewohnte Schlafposition und schloss die Augen.

Der Junge war derweil am Höhleneingang angekommen. Als er den Boden vor sich ausleuchtete und merkte, dass der Höhlenboden von Sand bedeckt war, fiel ihm auf, dass er keine Spuren entdecken konnte. Wenn jemand die Höhle betreten hatte, dann müssten da doch irgendwelche Spuren zu sehen sein. Auch der Junge hinterließ schließlich Spuren im Sand. Doch er konnte noch immer leise den fröhlichen Gesang wahrnehmen, wenngleich er den Lichtschein nun nicht mehr sehen konnte. Der Höhlenbewohner musste schon weit vorausgegangen sein. Der Junge nahm sich vor, ihm zu folgen, aber dabei leise zu sein, um sich nicht unnötig bemerkbar zu machen. Schließlich war es noch immer auch möglich, dass wer auch immer sich in dieser Höhle verbarg, ihm nicht wohl gesonnen war. Seine Neugierde brachte den Jungen jedoch Meter um Meter tiefer in die Höhle hinein.

Bald war er an einer Stelle angekommen, von wo aus der Höhleneingang hinter ihm nicht mehr zu sehen war. Die Lampe leuchtete die Höhle allerdings gut aus und so beschloss er, weiterzugehen. Entgegen seiner ersten Befürchtungen fühlte er sich überraschend wohl in der Höhle. Er hätte angenommen, dass sich so eine Höhle beengt, kalt und erdrückend anfühlen musste. Doch ihm war beinahe, als wäre er wie von der Erde verschluckt und befände sich nun geschützt und geborgen mitten im Schoß der Natur. Die Temperatur war angenehm und kein Windhauch war zu spüren. Eine unwahrscheinliche Ruhe befiel den Jungen. Als er die Lampe kurz anhob, um die nächsten Meter vor sich auszuleuchten, fiel ihm gleich auf, dass die Wände im Schein der Lampe nun zu glitzern begannen. Je weiter er ging, umso mehr glitzerten die Wände. Fasziniert richtete er den Lichtkegel der Lampe auf die Höhlenwand links neben sich. Zu seinem Erstaunen entdeckte er, dass es nicht nur einfach die Felsen waren, die glitzerten, sondern es handelte sich um seltsame Symbole und Zeichen, die an der Höhlenwand zu sehen waren, wie er sie noch nie in seinem Leben gesehen hatte. Die mysteriösen Schriftzeichen, von denen eine kunstfertige Anmut ausging, glommen in Orangetönen, aber auch in Blau, Violett- und Rottönen. Es kam dem Jungen vor, als würden Tausende von Glühwürmchen an den Wänden sitzen. Jedoch jedes in einem anderen Farbton, die gemeinsam ein sehr stimmiges Bild abgaben. Sie waren aber nicht in den Fels eingeritzt oder mit normaler Farbe gezeichnet, sondern waren nur sichtbar, wenn der Junge sie mit der Lampe anleuchtete. So etwas hatte er noch nie gesehen. Woher kam dieses Licht, das die Zeichen erleuchten ließ, fragte er sich. Von der Neugier getrieben streckte er seine linke Hand aus, um eines der leuchtenden Zeichen zu berühren. Er legte seine Hand darauf und in jenem Moment, als seine Handfläche die Felswand berührte, war ihm, als ginge eine seltsame Wärme von dem Fels aus, was ihm ungewöhnlich erschien. Je länger er die Hand dort anhielt, umso wärmer schien die Wand zu werden. Ruckartig zog er seine Hand wieder zurück, als er die Hitze gerade noch aushalten konnte.

Lediglich deuten konnte er die Zeichen nicht. Obwohl er bereits das Lesen erlernt hatte, hatten diese Zeichen nichts mit dem zu tun, was er unter Schrift verstand oder gelernt hatte. Er wollte versuchen, sich einige der Zeichen gut einzuprägen. Wenn er wieder bei seiner Familie wäre, könnte er seinen Onkel nach deren Bedeutung fragen. Dieser war ein weiser Mann und wenn jemand diese Frage beantworten könnte, dann wohl er. Vorsichtig bahnte sich der Junge weiter seinen Weg durch die Höhle. Er stieg über Felsen, ertastete mit seinen Füßen den Weg vor sich und gelangte immer tiefer nach unten. Nach einigen Metern bemerkte er, dass der Weg sich teilte. Ein Weg führte nach links und schien etwas anzusteigen, während der andere Weg rechts davon weiterging. Ohne groß nachzudenken, entschied er sich für den linken Weg. Vielleicht auch, weil er hoffte, so vielleicht auf einen anderen Ausgang aus dem Höhlensystem zu stoßen. Er ging weiter und die Zeichen an der Wand wurden weniger zahlreich und veränderten sich. Wenn er nur wüsste, was sie bedeuteten. Er konnte nur vermuten, ob es vielleicht Wegmarkierungen waren, um denjenigen, die die Höhle durchwanderten, zu helfen, sich zu orientieren oder ob es sich mitunter sogar um Warnungen handelte. Er wusste es einfach nicht und musste seinem Gefühl vertrauen, dass alles gut werden würde. Als er den Blick wieder nach vorne richtete, um zu sehen, wie weit der Weg noch weiterführen würde, bemerkte er, dass von einer Seite des Höhlenganges wieder das Licht zu sehen war, das er schon am Eingang bei seinem Schlafplatz gesehen hatte. Es schien durch eine Öffnung an der rechten Seite zu kommen. Als er das Licht beobachtete, bemerkte er, dass er aus derselben Richtung wieder Stimmen wahrnehmen konnte. Je näher er der Stelle kam, umso lauter wurden sie. Dennoch konnte er nicht wissen, von wem die Stimmen stammten. Aus Vorsicht beschloss er, das Licht seiner Öllampe zu löschen, um nicht entdeckt zu werden. Das Licht, das vor ihm aus der Öffnung des Ganges kam, spendete ohnehin ausreichend Helligkeit, damit er sich in dem Felstunnel orientieren konnte. Langsam und so leise er konnte, setzte er einen Fuß vor den anderen. Er wollte wissen, wer es war, der in diese Höhle gekommen war und sich hier offenbar gut zurechtfand. Die Stimmen, die er hörte, klangen immer mehr wie nur eine Stimme, je näher er der Öffnung in der Wand war. Es war mehr ein Gesang als ein Sprechen und das Licht, das hier ausströmte, wechselte immer wieder die Farbe und tauchte die Umgebung mal in ein angenehm warmes Rot, einen Orangeton oder auch einmal ein Lila oder dunkles Blau. Der Junge wollte wissen, wie es möglich war, solche Lichteffekte zu erzeugen und wer ein solches Wunderwerk vermochte. Doch verstehen konnte er nichts davon. Er wusste auch nicht, ob er einfach noch zu weit weg war, um die Worte klar zu verstehen oder ob es sich vielleicht gar um eine fremde Sprache handelte, die er noch nie gehört hatte.

Wie auf Samtpfoten hatte er sich nun leise seinen Weg bis zur Felskante nach vor gebahnt, wo die Öffnung rechts in der Felswand begann. Weder die Intensität des Lichts noch die Stimme hatten sich groß verändert. Daher konnte er annehmen, dass ihn noch niemand entdeckt hatte. Nun galt es, einen Blick um die Ecke zu werfen, ohne allzu viel von sich sehen zu lassen. Sein Herz pochte bis zu seinem Hals und er verspürte Angst. Doch wenn er es nicht wagen würde, könnte er nicht erfahren, was hier los war und wer hier sein Unwesen trieb in dieser Höhle, so weit draußen in der Wüste und fernab jeder Siedlung. Also nahm er seinen Mut zusammen, ging in die Hocke, um nicht auf Augenhöhe mit jemandem zu sein, der vielleicht gerade in seine Richtung blickte und hob seinen Kopf gerade so weit über die Felskante, dass er mit einem Auge darüber hinausblicken konnte. Zu seiner Überraschung konnte er nicht direkt in einen Raum vor sich blicken, sondern von der Öffnung in der Höhlenwand führte kein Weg mehr weiter. Wie aus dem Fenster im ersten Stock eines Hauses blickte er in einen großen Raum der Höhle, der sich unter ihm befand. Er erinnerte sich wieder an die Weggabelung zuvor. Sein Eindruck hatte ihn nicht getäuscht. Während der Weg rechts, den er nicht gewählt hatte, geradeaus weiter ging und wahrscheinlich in den großen Raum unter ihm führte, stieg sein Weg kaum merklich, aber doch an und endete so in einer erhöhten Position einige Meter über dem großen Raum der Höhle, den er nun unter sich sah. Er war sehr erleichtert darüber, denn dadurch würde es ihm noch leichter fallen, unentdeckt zu bleiben und er könnte das Geschehen unten besser beobachten. Behutsam schob er seinen Körper näher zu der Felskante, um sich einen besseren Blick auf den Raum unter sich zu verschaffen. Wie von selbst wurde sein Blick zu der Lichtquelle gelenkt, von der das Licht in den Raum ausströmte. Gerade dort, wo das Licht am hellsten schien, das die gesamte Umgebung in ein sanftes, gedämpftes Licht tauchte, das in verschiedenen Farben durch den Raum zu wabern schien, stand ein Mann. Dieser war umgeben von kleinen und größeren Säcken in unterschiedlichen Größen, die ordentlich und offenbar nach einer gewissen Ordnung rund um den Mann im Raum platziert waren. Immer wieder hob dieser einen der Säcke hoch, begutachtete ihn und stellte ihn wieder hin oder platzierte die Säcke neu. Immer wieder aber nahm der Mann einen der Säcke, die er offenbar für gut befand und steckte sie in einen größeren Sack, der neben ihm auf dem Boden stand.

Neugierig beobachtete der Junge das seltsame Treiben von seiner sicheren Warte aus. Erst jetzt bemerkte er, dass er die Quelle des Lichtes nirgendwo ausmachen konnte. Nirgendwo waren Fackeln, Öllampen oder auch Kerzen im Raum zu sehen. Vielmehr war es, als würde das Licht, das sich ähnlich wie Nebelwolken im Raum verteilte, von dem Mann selbst ausgehen. Rund um ihn schien es am hellsten zu sein. Wie in Wellenbewegungen strahlten die Lichter von dem Mann aus und wanderten dann durch den Raum, wo sie manchmal noch die Farbe wechselten und sich erst langsam in ihrer Intensität und Helligkeit abschwächten, je weiter sie sich von ihrer Quelle entfernten. Fasziniert bewunderte der kleine Junge dieses Schauspiel, das sich da vor ihm abspielte. Er fragte sich, wie dies funktionierte, ganz ohne Feuer, ganz ohne Lampenöl und jegliche sichtbare Apparatur. Vielleicht konnten die Säcke irgendetwas damit zu tun haben. Denn schließlich wusste er noch immer nicht, was sich darin befand. In jedem Fall schien ihr Inhalt wertvoll zu sein. Denn immerhin machte es den Eindruck, als würde der Mann die Säcke sorgsam auswählen und nach einer bestimmten Regelung sortieren. Welchen Zweck er damit verfolgte, das wollte sich dem Jungen noch nicht erschließen. Bis sich der Mann, der da inmitten der Anordnung von Säcken stand, von seinem bisherigen Platz neben dem großen Sack wegbewegte. Es war ein Raum, der länger als breit war. Am einen Ende fand sich seitlich der Eingang, durch den der Mann gekommen sein musste, genau an der Wand, die der Nische gegenüber lag, wo sich der Junge versteckte. An den Längsseiten der Felsenhalle waren jeweils die Säcke in mehreren Ebenen platziert. Am anderen, schmaleren Ende des Raumes war eine Art Öffnung in der Felswand zu sehen. Es handelte sich dabei jedoch um keine Tür. Denn die Öffnung begann erst in Hüfthöhe, etwa gleich einem Fenster und war quadratisch. Jedoch konnte man freilich nicht ins Freie schauen, so tief unter der Erde. Schon wenige Handbreit hinter der Öffnung schien wieder eine Wand zu sein. In der Mitte war auf dieser Rückwand ein Symbol zu finden, ganz ähnlich den Symbolen, die dem Jungen schon bei seinem Gang durch die Höhle begegnet waren. Soweit er es von seiner Beobachterposition aus erkennen konnte, war dieses Symbol jedoch größer und rund wie ein Rad mit vielen Verästelungen und kunstvollen Verzierungen an den Speichen, die wie Sonnenstrahlen wirkten. Der geheimnisvolle Mann ging nun auf ebenjene Stelle im Raum zu, wo sich die in den Fels gehauene Öffnung befand. Erst jetzt sah der Junge, dass der Mann, der da unter ihm im Raum wandelte und glücklicherweise noch nicht gemerkt hatte, dass er einen Beobachter hatte, einige kleinere Säcke in der Hand trug. Einen dieser Beutel legte er flach auf die Unterkante der Öffnung, die für den Jungen noch immer wirkte wie ein Fenster. Mit der anderen Hand griff er unter das, was da wie eine Fensterbank aussah. Es handelte sich nämlich nicht um eine durchgehende ebene Fläche, wie der Junge nun erkannte, sondern offenbar war eine Mulde darin eingelassen. Der Mann griff tief in diese

Mulde hinein und holte dabei mit seiner rechten Hand viel Sand hervor. Diesen schaufelte er nun in den vorbereiteten Sack, den er mit seiner anderen Hand aufhielt, bis er gut gefüllt war. Dann griff er zu seinem Gürtel und holte dort ein bereits genau abgemessenes Stück Schnur hervor. Mit diesem band er den Sack oben zusammen, sodass der Sand nicht entweichen konnte. An Sand schien es in der Mulde nicht zu mangeln. Durch irgendeinen Mechanismus, auf den der Junge keinen Einblick hatte, schien sich die Vertiefung hinter der fensterartigen Öffnung in der Wand immer wieder neu mit Sand zu füllen, sobald etwas davon entnommen wurde. So blieb das Becken immer gut gefüllt und versiegte nicht. Dieses Ritual wiederholte sich mehrmals, bis auf dem Fenstersockel eine stattliche Anzahl an gut gefüllten und sorgfältig zugebundenen Sandsäcken zu stehen kam. Während des gesamten Verlaufs waberte der Lichternebel durch den Raum, der die Sinne des Jungen trübte, dass er nicht mehr genau sagen konnte, ob er sich all das nur einbildete oder es tatsächlich vor seinen Augen geschah. Prüfend hob der Mann nun einen der Säcke nach dem anderen hoch. Mit routiniertem Blick begutachtete er sie der Reihe nach, steckte einige davon wieder in seinen großen Sack und platzierte andere davon aber an bestimmten Stellen entlang der Längsseiten des Raumes. Nach welchen Kriterien er seine Entscheidung traf, welche Sandsäcke in den großen Sack wanderten und welche hierblieben, konnte der Junge ebenso wenig nachvollziehen, wie welche Regeln der Ordnung für die Sandsäcke an den Längsseiten der Halle zugrunde lagen. Obwohl er kaum verstand, was da vor seinen Augen geschah, ahnte der Junge, dass sich da vor ihm gerade etwas sehr Ungewöhnliches vollzog. Wer sucht schließlich mitten in der Nacht eine Höhle in einer verlassenen Gegend in der Wüste auf, um darin Säcke mit Sand zu füllen und diese dann nach bestimmten Kategorien zu ordnen? Von dem Mann, den der Junge nun schon eine Weile lang beobachtete, schien keine Gefahr auszugehen und dennoch war er ihm nicht ganz geheuer. Sein Gesicht war nicht genau zu erkennen. Er war zu weit entfernt und der Lichterschleier rund um ihn ließ keinen klaren Blick zu; denn auf seltsame Weise lenkte er die Sinne ab. Dennoch ahnte der Junge, dass er gerade Zeuge von etwas wurde, das vielleicht noch nie ein Mensch vor ihm gesehen hatte.

Während der Junge alle Ecken des Raumes musterte, bemerkte er, dass der Mann sich mit der Hand ans Kinn fasste und nachdenklich nach oben blickte; genau in Richtung der Öffnung in der Felswand, von der aus der Junge ihn die ganze Zeit beobachtete. Ein Schock durchfuhr die Knochen des Jungen und sein Atem stoppte für einen Moment. War er entdeckt worden? Hatte der Mann ihn oben in der Felsnische gesehen? Instinktiv machte sich der Junge so klein er konnte und bewegte sich wieder hinter die Felsnische, um sich dahinter zu verstecken. Einige Momente lang war er nun wieder starr hinter der Nische und konnte nicht mehr beobachten, was sich hinter ihm abspielte. Sein Herz pochte und er merkte, wie die Hand, die den Griff der Öllampe noch immer hielt, sich an diesem so stark verkrampfte, dass es ihn in der Handfläche schmerzte. Doch es schien ihm nicht möglich, loszulassen. Zu angespannt war er in diesem Moment. Er hoffte, dass sein Versteck nicht aufgeflogen war und der Mann ihn nicht entdeckt hatte. Wer weiß, wobei er ihn gerade beobachtet hatte.

Angespannt starrte der Junge in den dunklen Tunnel links von sich, durch den er gekommen war. Sollte er wieder durch diesen fliehen und die Höhle verlassen? Doch was, wenn der Mann bereits auf dem Weg zu ihm war oder er ihn an der Abzweigung bereits erwarten würde? Dann wäre es besser, wenn er dem Gang weiter tiefer in die Höhle folgen würde, auch wenn er nicht wusste, wohin ihn dieser führte. Doch bald merkte der Junge, dass egal, was er sich überlegte, keinen Unterschied machen würde. Denn seine Glieder waren zu schwer vor Angst. Selbst wenn er wollte, könnte er sich nicht rühren. Anstatt davon zu laufen, blieb er einfach wie angewurzelt zusammengekauert mit dem Rücken zur Felswand sitzen. Nach einiger Zeit, als sich seine Situation immer noch nicht geändert hatte, fiel ihm ein, dass die Lichtquelle die ganze Zeit über von dem Mann ausgegangen war. Hätte dieser die Halle verlassen, dann wäre auch der Schein des Lichtes nicht mehr zu sehen. Somit dachte der Junge zumindest zu wissen, wo sich der ihm Unbekannte befand und dass er nicht schon auf dem Weg zu ihm war. Das beruhigte ihn etwas. Er wusste, dass er sich früher oder später Klarheit darüber verschaffen musste, was unten vor sich ging und wie er nun weitermachen sollte. Also nahm er seinen ganzen Mut zusammen und drehte sich langsam um. Erneut wollte er wieder einen kleinen Blick in die Felshalle unter sich wagen, um die Lage sondieren zu können. Vorsichtig hob er seinen Kopf wieder über die Felsnische, um etwas sehen zu können. Als er sich mit einem Auge wieder einen Überblick über das Geschehen unten verschaffen konnte, stand der Mann gerade mit dem Rücken zu ihm. Somit konnte er den Jungen gar nicht sehen und dieser war sich nun auch sicher, dass sein Versteck noch nicht enttarnt worden war. Das gab dem Jungen wieder Auftrieb. Seine Neugier, weiter zu beobachten, was unten geschah, wuchs. Offenbar hatte der Mann seine Aufgabe nun beendet. Denn der Junge konnte gerade noch beobachten, wie er den großen Sack, in den er zuvor einige kleinere Säcke gegeben hatte, sorgsam zuschnürte. Mit einer überraschenden Leichtigkeit warf er sich anschließend den schwer gefüllten Sack über die Schultern, um ihn so besser tragen zu können. Ohne Eile, aber zielstrebig verließ er den Felsensaal durch den einzigen Zugang und mit ihm verschwand auch das Licht wieder langsam aus der Höhle. Auf den Jungen machte es den Eindruck, als würde der seltsame Fremde nicht einen Schritt vor den anderen setzen, sondern regelrecht schwebend den Raum verlassen. Ob er seinen Sinnen dabei wirklich trauen konnte, das wusste er nicht. Denn es war alles sehr schnell gegangen und die Eindrücke, die er in den letzten Minuten gewonnen hatte, wollten erst einmal sortiert werden. Eine Zeit lang konnte der Junge noch ein leichtes Nachglimmen in dem Ausgangstunnel erkennen, das immer schwächer wurde. Der geheimnisvolle Mann entfernte sich mehr und mehr von dem Jungen und schien die Höhle verlassen zu wollen. Für einen kleinen Moment wagte es der Junge wieder, tiefer durchzuatmen, da er sich nicht mehr in Gefahr sah, entdeckt zu werden. Aber früher als es ihm lieb war, wurde es in der Höhle plötzlich stockdunkel. Denn mit dem Mann hatte auch die Lichtquelle die Höhle verlassen. So sehr sich seine Augen auch bemühten, irgendeinen Punkt auszumachen, der Orientierung gab, es war einfach nicht möglich, auch nur irgendetwas zu erkennen. Vor seinen Pupillen breitete sich das schwärzeste Schwarz aus, das der Junge je wahrgenommen hatte. Wenn einer der Sinne wie der Sehsinn schwindet, dann steigern sich die noch verbleibenden Sinne in ihrer Intensität. So hatte der Junge zum ersten Mal das Gefühl, auf einmal wahrzunehmen, wie es in der Höhle roch. Ein leicht modriger, nasskalter Geruch durchzog die Luft des Höhlenraumes. Dazu meinte er, plötzlich ein Kratzen zu hören, das ihn starr vor Schreck machte. War es eine Ratte, die sich ihm im Dunkeln näherte und hoffte, dem Jungen ein Stück abknabbern zu können? Das Kratzgeräusch schien in jedem Fall lauter zu werden und immer näherzukommen. Eine Panik befiel den Jungen! Was war das? Was näherte sich ihm da im Dunkeln? Instinktiv kauerte er sich noch mehr zusammen, um keine seiner Gliedmaßen leichtfertig der Ratte preiszugeben. Erst als er es kaum noch aushalten konnte und kurz davor war, panisch zu schreien, merkte er, dass er selbst das Geräusch mit seiner Hand erzeugt hatte, die sich verkrampft an die Öllampe klammerte, während seine Fingernägel fest und nervös an ihrem Gehäuse schabten. »Die Öllampe!«, schoss es dem Jungen durch den Kopf. Er hatte sie noch und es mussten auch noch Zünder übrig sein. Er könnte sich einfach Licht machen und die Höhle damit wieder erhellen. Zu gerne hätte er dies auch sofort getan. Doch der seltsame Mann war noch nicht lange verschwunden. Wenn er gleich Licht machte, erregte er vielleicht zu viel Aufmerksamkeit und der Mann würde zurückkommen. Auch wenn ihm angst und bange war, beschloss er, noch ein paar Momente in der Dunkelheit der Höhle auszuhalten, bis er sicher war, dass der Mann mit dem Sandsack bereits außer Reichweite sein musste. Obwohl es wenig Sinn machte, da er in der Dunkelheit nichts sehen konnte, waren seine Augen weit aufgerissen in der Hoffnung, doch irgendeinen Lichtpunkt ausmachen zu können. Trotzdem sein Verstand ihm sagte, dass ihm in der Dunkelheit genauso viel oder wenig passieren konnte wie bei Lampenschein, jagte ihm die Ungewissheit der Dunkelheit eine riesige Angst ein. Bei seinen Eltern war er schon oft noch wach geblieben, bis es dunkel wurde, doch immer war noch etwas Mondschein oder Glanz der Sterne da, der die Nacht ein wenig erhellte. Eine Dunkelheit wie diese ohne jeglichen Bezugspunkt kannte er jedoch nicht. Und gerade dieses Fremdartige machte ihm Angst. Da fiel ihm ein Lied ein, das ihm seine Mama immer vorsummte, wenn sie ihn und seine Geschwister beruhigen wollte. Er hatte es schon so oft in seinem Leben gehört, dass es nicht schwer für ihn war, es auch selbst zu summen. Vielleicht würde er sich damit selbst etwas beruhigen können, dachte er. Also summte er mutterseelenallein das Lied vor sich hin, das seine Mama ihm immer vorsummte; in einer Höhle, deren Standort niemand kannte außer einem alten Dromedar und umgeben von nichts als Dunkelheit. Die ihm bekannte Melodie verfehlte ihre Wirkung nicht. Zudem führte das Vibrieren in seiner Brust dazu, dass sich seine Atmung wieder normalisierte und er wieder mehr bei sich selbst ankam. Langsam beruhigte er sich und schloss seine Augen, um sich vor seinem geistigen Auge vorzustellen, wie seine Mama bei ihm wäre und ihm das Lied vorsang. Er spürte, wie die Vibrationen seiner Stimmbänder sich nicht nur im Hals fortsetzten, sondern bald auch seinen gesamten Brustraum einnahmen. Durch die besondere Form der Höhle und das Gestein gab es außerdem einen angenehmen Widerhall, der sich gut anfühlte und den Raum erfüllte. Das Summen gab ihm eine heimelige Vertrautheit wieder, die er schon eine gefühlte Ewigkeit nicht mehr gefühlt hatte, obwohl er in Wahrheit noch nicht lange von seiner Familie getrennt war. Er hatte sogar das Gefühl, dass die Dunkelheit etwas nachließ und das Schwarz vor seinen geschlossenen Augen sich langsam erhellte und durch seine Augenlider etwas Helligkeit durchschimmerte. Dadurch war er versucht, seine Augen wieder zu öffnen. Doch als er einen wohltuenden tiefen Atemzug tat und die Luft langsam wieder ausstieß, während er seine Augen langsam aufschlug, erschrak er sofort wieder. Denn der Raum, der gerade noch in Dunkelheit gehüllt war, war nun wieder leicht ausgeleuchtet und das in violetten, rötlichen und orangen Farbtönen. Der Lichtschein, der den Gang vor ihm zart ausleuchtete, ging von den Symbolen aus, die er vorher schon fasziniert bestaunt hatte. Während die Wandzeichen sich vorhin jedoch nur im Schein seiner Öllampe zu spiegeln schienen, leuchteten sie nun von selbst. Es musste so sein. Denn schließlich war der Docht der Öllampe nach wie vor nicht entfacht worden. Es war, als ob die Wandzeichen von einer Lichtquelle hinter der Wand in leuchtende Symbole verwandelt würden. Die Lichtstärke war jedoch nicht konstant, sondern veränderte sich immer wieder. Wie bei einer Öllampe, bei der man den Docht einmal weit herausschob, um eine große Flamme zu erhalten und einmal ganz kurzhielt, um die Flamme klein zu halten und so das kostbare Öl zu sparen, änderten auch die Symbole an der Wand ihre Lichtintensität in wellenartigen Abläufen. Nur dass sich der Junge nicht erklären konnte, wo die Quelle dieses Lichtes herkam und wie es möglich war, so wunderschöne Farben zu erschaffen. Da bemerkte der Junge erst, dass die Stärke, in der das Licht einmal mehr und einmal weniger intensiv leuchtete, kein Zufall war. Noch immer summte er das Lied, das er von seiner Mutter erlernt hatte, auch wenn er ob der Eindrücke nicht mehr ganz den richtigen Rhythmus halten konnte. Er erkannte jedoch, dass die Lichter an den Wänden seinem Summen folgten. Wenn er lauter summte, wurden die Lichter etwas stärker und wenn er leiser wurde, glommen die Symbole an den Wänden nur mehr leicht. War das möglich? Konnte er tatsächlich mit Tönen für diese außergewöhnlichen Lichteffekte an den Symbolen sorgen, deren Bedeutung sich ihm nach wie vor nicht erschloss? Es schien wirklich der Fall zu sein. Um es auszuprobieren, ließ der

Junge sein Summen verstummen. Und wirklich wurde das Licht schwächer, blieb jedoch auf einem glimmenden Niveau stehen, sodass es nicht mehr ganz dunkel wurde in der Höhle. Heilfroh, dass es sich in der Höhle nun wieder zurechtfinden und er wieder sehen konnte, was sich rund um ihn befand, machte sich große Erleichterung in ihm breit. Vorsichtig blickte er sich um und bemerkte, dass auch der Raum eine Etage tiefer, in der die Sandsäcke gelagert waren, demselben Muster folgte und erhellt war. Obwohl die Höhle in diesem warmen Licht wieder weitaus freundlicher anmutete, wollte ein Teil in dem Jungen nur so schnell wie möglich raus von hier. Ein anderer Teil in ihm jedoch verspürte Neugierde, noch mehr von dieser abenteuerlichen Welt zu sehen. Er würde es sich wahrscheinlich nicht verzeihen können, die Höhle zu verlassen, ohne einmal einen genaueren Blick auf die Sandmulde in der Wand der Halle unter sich und auf die vielen Sandsäcke geworfen zu haben. Wenn er sich den Raum unter sich nicht noch einmal genauer ansah, würde er sich damit selbst ein Mysterium schaffen, das ihn sein ganzes Leben begleiten würde. Denn bis zu seinem Lebensende würde er sich immer fragen, was er da eigentlich beobachtet hatte als kleiner Junge in dieser außergewöhnlichen Höhle. Für manche Dinge eröffnet sich eben nur einmal im Leben eine Chance, ehe wir uns fragen, was wäre gewesen wenn? Da er sich sicher fühlte, dass der Mann so bald nicht zurückkommen würde und er nun wusste, dass er mit seiner Stimme immer dafür sorgen konnte, dass der Raum ausreichend ausgeleuchtet war, wollte er es wagen und zumindest für einen kurzen Moment die Sandhalle unter sich näher betrachten. Einem Gefühl folgend ging er den Gang nicht wieder zurück in die Richtung, aus der er gekommen war, sondern folgte dem weiteren Verlauf. Obwohl er die Öllampe nicht mehr brauchen würde, nahm er sie sicherheitshalber mit. Der Weg nahm bald eine Biegung und es ging bergab. Das ließ den Jungen wissen, dass er richtig gewählt hatte und er sich auf die Halle zu bewegen musste. Auf dem Weg dorthin spielte er immer wieder mit seiner Stimme, um die Symbole an der Wand einmal heller und einmal schwächer aufleuchten zu lassen. Schließlich war er an dem Punkt angekommen, wo vor nicht allzu langer Zeit noch der seltsam anmutende Mann gestanden hatte. Er stand nun genau an der Stelle, wo dieser den Raum mit dem großen Sandsack verlassen hatte. Direkt vor ihm lag der Eingang zur Sandhalle. Hier war der eigenwillige Mann aus dem Raum geschwebt. Zumindest hatte der Junge diesen Eindruck gewonnen. Dann hatte der Mann sich von hier aus mit seinem Sack auf der Schulter wieder in Richtung der Weggabelung und wohl raus aus der Höhle bewegt. Zur anderen Seite fand der Junge nun das Portal, das in die große Halle führte. Die Halle war schwach beleuchtet und in einen angenehmen Orangeton getaucht. Da jedoch die Lichter, die von dem Mann ausgegangen waren und die wabernd den Raum erfüllten, nun nicht mehr da waren, erschien dem Jungen die Halle deutlich größer, aber auch leerer. Außerdem war es sehr ruhig in dem Raum. Bis auf das leise Summen des Jungen war nichts zu hören. Wenngleich der Junge den Eindruck hatte, dass es sich beim Rest der Höhle, den er bis jetzt gesehen hatte, abgesehen von den merkwürdigen Lichtquellen um eine natürliche Höhle handeln musste, zeigte dieser Raum eine deutlich andere Gestalt. Die Wände waren gerade und ragten bis zur Decke. Fugen deuteten darauf hin, dass am Boden große, breite Steinplatten gelegt waren, auf die der Junge nun trat und sich in die Mitte des Raumes stellte. Er betrachtete die vielen unterschiedlichen Säcke an den Randbereichen des Raumes, die alle mit Sand gefüllt sein mussten. Erst jetzt fiel ihm auf, dass die Säcke in mehreren Ebenen auf stufenartigen Plateaus platziert waren. In mehreren Reihen und auf unterschiedlichen Niveaus waren die Säcke nicht nur nebeneinander, sondern auch hintereinandergestellt. Es mussten Hunderte sein, wenn nicht gar Tausende. In jedem Fall wäre es nicht möglich gewesen, sie in einer vernünftigen Zeitspanne zu zählen. Ohnehin wollte der Junge hier nicht zu viel Zeit verbringen, wenngleich er unglaublich fasziniert war von diesem Ort. Als er die Reihen und Reihen von Sandsäcken entlang der Wände sah und über diesen Plateaus auch oben an der gegenüberliegenden Wand die fensterartige Nische entdeckte, von der aus er gerade eben noch kauernd das Geschehen in der Halle heimlich beobachtet hatte, fiel ihm nun die Mulde an der schmalen Seite der Halle ein. Gerade als er den Kopf drehte, um sich ihr zuzuwenden, hatte er das Gefühl, dass das sonnenartige Symbol darüber just in diesem Moment zu leuchten begann. Langsam näherte er sich der Nische in der Wand, wo der seltsame Mann vorhin Sand entnommen hatte. Erst jetzt fiel ihm auf, welch magische Anziehung von diesem Symbol ausging. Die Zeichnungen, die wie gebogene Strahlen von einem Mittelpunkt ausgingen, schienen in verschiedenen Farben zu leuchten, doch nicht alle in derselben Intensität. Wie ein flackerndes Feuer wechselte die Stärke der Leuchtkraft ständig zwischen ihnen. Ehrfürchtig setzte der Junge einen Schritt vor den anderen und ging darauf zu. Er war fasziniert von der Schönheit des illuminierten Symbols. Es schien meisterhaft gearbeitet und nach wie vor konnte er sich nicht erklären, welcher wunderhafte Mechanismus es zum Leuchten brachte. Als der Junge vor der Nische stand, fand er davor einen kleinen Sockel aus Stein. Dieser war gerade so hoch, dass, wenn er sich daraufstellte, er über die Steinkante blicken konnte, hinter der die Mulde begann. Neugierig betrachtete er den dahinter befindlichen Sand und konnte nicht anders, als mit seiner Hand einmal hindurch zu streichen. Er fühlte sich weich an und angenehm. Irgendetwas war anders daran als bei dem Sand, den er aus der Wüste kannte. Er fühlte sich anders an und der Junge meinte, ein angenehmes Kribbeln an seiner Haut zu spüren, jedes Mal, wenn er mit seinen Fingern hindurch strich. Dann formte er seine Hand wie eine kleine Wanne und schaufelte etwas Sand hinein, um ihn dann aus einiger Höhe wieder in die Mulde rieseln zu lassen. Verwundert sah er, dass kleine Lichtpünktchen zwischen den Sandkörnern wie kleine Blitze aufflackerten, während er den Sand nach unten rieseln ließ. Er vermutete, dass es wohl eine Art Reflexion vom Licht des sonnenartigen Symbols sein musste. Es war ein faszinierender Ort, an dem er hier gelandet war und an dem er sich vieles nicht erklären konnte. Gerne hätte er mehr Zeit gehabt, um mit diesem besonderen Sand noch eine Weile zu spielen und den Raum auf sich wirken zu lassen. Beinahe so, als ob er den Sand später noch einmal genauer erforschen wollte, schaufelte er etwas davon vorsichtig in seine Hosentaschen. Zuvor nahm er noch einige Feigen aus diesen heraus, um mehr Platz für sein Mitbringsel zu schaffen. Sollte er wieder aus der Höhle rauskommen und es schaffen, seine Familie zu treffen, würde er den Sand seinem Onkel zeigen können. Nur zu gerne wünschte sich der Junge, dass sein Onkel nun hier wäre. Auch wenn dieser schon weit gereist war, hatte er so etwas sicherlich noch nicht gesehen. Da fiel es dem Jungen wieder ein. Während er hier in der Höhle auf Erkundungstour war und diesen erstaunlichen Ort erforschte, wusste er noch immer nicht, wo er sich eigentlich befand, geschweige denn, wo seine Familie war.

Gerade jetzt merkte er, wie müde er von all dem Abenteuer bereits war und von den Strapazen, die es bedeutete, überhaupt hierher zu kommen. Auch die vielen neuen Eindrücke, mit denen sein junger Geist erst einmal zurechtkommen musste, nagten am Kräftereservoir des Jungen. Mit dem Rücken zur Nische ließ er sich auf den Sockel unter sich sinken, auf dem er gerade noch gestanden war, sodass er nun zum Sitzen darauf kam. Da lief ihm eine einzelne Träne über sein Gesicht. Denn wieder erinnerte er sich daran, in welch aussichtsloser Lage er sich befand. Er war hier tief unter der Erde verschluckt, während seine Familie sicher schon fieberhaft nach ihm die Wüste absuchte. Doch er machte es ihnen dadurch nur noch schwerer, da sie ihn hier unten wohl niemals finden könnten. Er wusste, er musste so schnell wie möglich wieder an die Oberfläche ins Freie gelangen und nach seiner Familie suchen. Auch sein Proviant, sofern noch etwas davon in den Körben draußen vor dem Höhleneingang übrig war, würde nicht ewig ausreichen und wer weiß, würde auch die Karawane irgendwann weiterziehen und die Suche nach dem verschwundenen Jungen aufgeben, ehe die Erinnerung an ihn langsam aber sicher verblassen würde. Doch wo sollte er nur suchen und in welche Richtung sollte er gehen, wenn er wieder aus der Höhle gelangt war? »Wo ist nur meine Familie? Wie soll ich sie jemals finden?«, schluchzte der Junge in der Halle des Sandes vor sich hin, obwohl ihn hier außer den Wänden des Raumes niemand hören konnte. Dabei wischte er sich die Tränen mit dem Handrücken aus den Augen. Was ihm nicht bewusst war, waren die zahlreichen Sandkörner, die noch daran hafteten und die er sich beim Wegwischen der Tränen in die Augen rieb. Vielmehr wusste er nicht, welche Wirkung dies auf ihn haben würde. Nach und nach befiel ihn eine tiefe

Erschöpfung und ehe er es sich versah, konnte er einfach nicht mehr anders, als in einem tiefen, angenehmen Schlaf zu versinken. Sein Kopf fühlte sich schwer an und neigte sich erschöpft nach unten, um schließlich zwischen seinem aufgerichteten Knie und seiner Ellenbeuge zu liegen zu kommen. So schlummerte er dahin, während es um ihn herum langsam aber sicher wieder dunkler wurde.

Ein sonderbarer Traum

Niemand kann sagen, ob es die Ruhe und die Abgeschiedenheit der Höhle war, deren Hohlräume so geschützt von jeglichen störenden Einflüssen von außen waren oder ob es doch an dem Sand lag, den sich der Junge aus Versehen in die Augen gerieben hatte, bevor er eingeschlafen war. Doch schon bald fand er sich in einem Traum wieder, der sich so echt und real anfühlte, wie er es noch nie bei einem Traum erlebt hatte. Vor seinem geistigen Auge sah er den Ausgang der Höhle vor sich und wie er sich diesem mit leisen Schritten näherte. Draußen lag noch die Nacht über dem Land und auch das Dromedar fand er vor, das treu auf ihn vor dem Höhleneingang gewartet hatte. Dann meinte er plötzlich, die Stimme seiner Mama in der Ferne zu hören. Als er sich umsah, konnte er jedoch niemanden entdecken. Dann hatte er das Gefühl, die Stimme käme von oben, also blickte er zum Himmel empor, wo sich das nächtliche Firmament über ihm erstreckte mit all seinen Sternen, die eigentlich Planeten und Sonnen in anderen Welten weit weg von hier waren. Die Venus, der Abendstern und hellste Lichtpunkt am Himmel, schien deutlich größer und heller als je zuvor. Die Stimme seiner Mama wiederholte sich und nun hatte der Junge das Gefühl, dass sie direkt vom Abendstern zu kommen schien. Ohne groß nachzudenken, weckte er das Dromedar und sorgte dafür, dass es sich aufrichtete. Er nahm es am Geschirr und führte es hinaus aus der Schlucht und immer in Richtung des Abendsterns vor ihnen, der mit jedem Schritt näher und größer zu werden schien. Sie gingen und gingen durch die nächtliche Wüste und irgendwann fiel ein markanter Lichtschein von diesem hellsten Stern auf einen Punkt in der Wüste. In der Ferne konnte der Junge dort einige Schatten entdecken und ging weiter darauf zu. Das Dromedar und er kamen der Stelle näher und bald konnte der Junge die Schattenumrisse von Palmen erkennen. Es musste sich um eine Oase handeln. Als sie sich dieser noch mehr näherten, waren auch menschliche Umrisse zu erkennen. Einer davon kam sogar auf sie zu. Doch der Junge verspürte keine Angst. Er hatte ein gutes Gefühl und als er nur mehr ein kurzes Stück von der Person entfernt war, die da auf ihn zukam, erkannte er schließlich, dass es nicht irgendjemand war, sondern es sich um seine Mama handelte, die auch ihn erkannte und nun anfing, zu laufen. Sie fielen sich beide in die Arme und weinten vor Glück.

Da riss es den Jungen plötzlich am ganzen Körper und ein Zucken durchfuhr ihn, als ob seine Seele, die gerade in einer fernen Welt verankert war, nun wieder zurück in seinen Körper gezogen wurde. Sogleich riss er die Augen auf und ihm wurde gewahr, dass er nicht etwa in den Armen seiner Mama lag, sondern sich noch immer in der Sandhalle tief unter der Erdoberfläche befand. Obwohl es ihm so real erschienen war; er hatte lediglich geträumt. Seine Mama war noch immer weit weg und er war noch immer an diesem seltsamen Ort, der jetzt nur mehr sehr schwach ausgeleuchtet war. Nun wollte er aber keine Zeit mehr verlieren und richtete sich wieder auf. Als er sich den Sand aus den Augen wischte und dabei einige

Sandkörner zu Boden fielen, waren da wieder diese funkelnden Lichteffekte zu sehen. Noch immer ahnte er nicht, wo er sich tatsächlich befand und was es mit diesem Sand hier auf sich hatte. Zu gerne hätte er die Geheimnisse dieses Ortes noch erforscht. Als er bereit war, die Halle zu verlassen, dachte er jedoch bei sich, dass es wohl nicht auffallen würde, wenn er auch noch einige kleine Sandsäcke mitnehmen würde und so geschah es. Wie es auch der Mann zuvor getan hatte, nahm er einige kleinere Säcke an sich, die zwischen größeren Säcken gestanden hatten und legte sie in einen größeren Sack, den er sich schließlich über die Schulter warf. Dieser Sack war bei Weitem nicht so groß wie der Sandsack, den der Mann vorhin hinausgetragen hatte, aber es würde genug sein, um den Sand später näher betrachten und vielleicht seinem Onkel zeigen zu können. Außerdem hätte der Junge ja auch noch den Sand, den er sich zuvor in die Taschen gefüllt hatte. Er spürte, dass er diesen Ort nun aber verlassen wollte, zumal er keine Ahnung hatte, wie lange er geschlafen hatte und er fürchtete, dass der Mann, der zuvor den Sand geholt hatte, früher oder später wieder zurückkommen und ihn entdecken würde.

Noch einmal warf er einen Blick in die Sandhalle, diesen magischen Ort, den er so faszinierend und gleichzeitig furchteinflößend empfand, da er so viele offene Fragen zurückließ. Noch einmal wollte er sich diesen Raum genau einprägen, bevor er sich schließlich umdrehte und durch den Ausgang schritt. Als er zügig den Gang in Richtung des Höhlenausgangs entlang hastete und dabei seinen eigenen Herzschlag hören konnte, fühlte er sich gleichzeitig schuldig. Denn er wusste, ihm stand es nicht zu, den Sand mitzunehmen. Würde der Mann gerade jetzt in die Höhle zurückkehren und ihn mit den gestohlenen Sandsäcken entdecken, wer weiß, was er dann mit ihm machen würde. Er hoffte inständig, dass das nicht geschehen würde und er es noch aus der Höhle ins Freie schaffen konnte, bevor der Mann in die Höhle zurückkehrte. Auf der einen Seite war es zwar nur Sand, von dem es in der Wüste schließlich mehr gab, als eine ganze Armee tragen konnte, doch auf der anderen Seite schien der Mann dem Sand mit seinem ritualhaften Gehabe und der einer bestimmten Ordnung folgenden Aufstellung der Sandsäcke in der Halle einen hohen Wert beizumessen. Irgendetwas schien daher doch an dem Sand besonders zu sein. Vielleicht war er sehr wertvoll und es waren Spuren von Gold darin enthalten, ging es dem Jungen durch den Kopf. Vielleicht war dies auch der Grund dafür, dass der Sand so funkelte, als der Junge ihn vorhin durch seine Finger rieseln ließ. Sein Onkel würde das sicher herausfinden können, wenn der Junge ihm den Sand einmal zeigen konnte. Aber dafür musste er hier raus. Als er das steilste Stück der Höhle unter großer Kraftanstrengung endlich überwunden hatte, konnte er den Ausgang schließlich wieder sehen und ging zielstrebig darauf zu. Wie in seinem Traum war es draußen noch immer Nacht. Sehr lange konnte er daher zumindest nicht geschlafen haben, dachte er. Der Schein der Sterne und des Halbmonds erhellten den Boden und die Felsen der Schlucht. Dennoch war es sehr dunkel, sodass seine Augen sich erst wieder anpassen mussten und einige Momente dafür brauchten. Zu sehr hatten sie sich bereits an die Illuminierung in der Höhle gewöhnt, die alles in ein sanftes, warmes Licht getaucht hatte. Doch hier draußen gab es das nicht mehr. Schlagartig ging ein Schrecken durch seinen Körper! Erst jetzt merkte der Junge, dass er die Öllampe nicht mehr bei sich hatte! Schließlich hatte er beide Hände gebraucht, um den Sack mit den kleineren Sandsäcken zu schultern. Die Lampe musste noch immer auf dem Sockel vor der Nische in der Wand stehen, wo der Junge zuletzt gesessen und geschlafen hatte. Anspannung durchzog seinen Körper. Er hatte sie einfach in der Höhle vergessen, da es ohnehin hell genug darin gewesen war. Hier draußen jedoch hätte er sie nun gut gebrauchen können. Auf keinen Fall wollte er aber noch einmal zurück in die Höhle. Wenn der Mann, dem der Sand in den Säcken gehörte, wieder zurückkommen würde, würde er die Lampe sicher finden und wissen, dass jemand dort gewesen war. Ein kalter Schauer lief dem Jungen beim Gedanken daran über den Rücken. Doch gleichzeitig beruhigte er sich damit, dass es sich nur um eine alte Öllampe handelte. Nichts daran deutete darauf hin, wem diese Lampe gehörte. Jedenfalls wollte der Junge nun keine Zeit mehr verlieren. Er nahm das Dromedar am Geschirr und ging mit ihm gemeinsam wieder den Weg hinaus aus der Schlucht, durch die sie gekommen waren. Ohne Widerrede folgte ihm das erhabene Tier. Windung um Windung gingen sie die Schlucht entlang, während die Felswände links und rechts des Ganges immer niedriger wurden. Am Ende des Felsganges lagen noch immer die Körbe genau in der Position, wie der Junge sie zuletzt gesehen hatte. Ungeduldig und mit einem Gefühl, als würde ihn jemand bei etwas Verbotenem beobachten, durchwühlte er die Körbe, um zu sehen, ob sich darin noch etwas Brauchbares befand. Außer ein paar weiteren Feigen und einem halb gefüllten Wasserbeutel, die er an sich nahm, konnte er allerdings nichts finden, das ihm nützlich erschien. Ihm war bewusst, es würde ihm nicht gelingen, die Körbe wieder auf das Tier zu hieven, doch fand er einen Lederriemen, mit dem er den Sandsack aus der Höhle an dem Dromedar befestigen konnte, sodass er diese Last nicht selber tragen musste. Den schmalen und aus der Ferne kaum erkennbaren Eingang zur Schlucht hinter sich, blickte er in die Ferne vor sich und sah nur die Weite der dunklen Wüste, die da ruhig vor ihm lag. Er hatte sich so beeilt, die Höhle und diesen Ort zu verlassen, dass er keinen Gedanken daran verschwendet hatte, in welche Richtung sie danach eigentlich gehen sollten. Einmal mehr war er zurückgeworfen auf die Einsamkeit und Aussichtslosigkeit seiner Lage. Welche Richtung er auch einschlagen würde, es könnte lebensbedrohliche Folgen für ihn haben. Würde er in die falsche Himmelsrichtung gehen, dann würden sie vielleicht wochenlang auf keine Menschenseele treffen und jämmerlich in der Wüste verdursten. Doch er spürte, er musste losgehen. Hier zu verharren machte keinen Sinn. Manchmal muss man sich eben bewegen, um Bewegung in eine Sache zu bringen. Anfangen bedeutet Anfangen, pflegte sein Onkel immer zu sagen. Er atmete tief durch und blickte an den Horizont. Dabei fiel ihm die Schönheit des Nachthimmels über ihm ins Auge. Während seines Abenteuers in der Höhle war ihm dieser Blick nach oben schließlich verwehrt gewesen. Er genoss den Blick auf die vielen Lichtpunkte, die da über ihm strahlten und die ihn als einzige zu beobachten schienen. Und da war auch er wieder; der Abendstern, der sich durch seine Helligkeit klar von den anderen Sternen und Sternbildern abhob. Da kam dem Jungen wieder ein Gedanke an seinen seltsamen Traum in den Sinn, den er in der Höhle geträumt hatte. Der Lichtpunkt über ihm war nicht so groß und hell wie er ihm in seinem Traum erschienen war, doch er war deutlich zu sehen. Er dachte an seine Mama und an ihre ihm gut bekannte Stimme, wie er sie im Traum gehört hatte. Nicht nur mangels anderer Anhaltspunkte, sondern auch, weil seine Intuition es ihm befahl, hielt er es für die beste Idee, einfach seinem ersten Gefühl nachzugeben und wie in seinem Traum dem Abendstern zu folgen. Und so setzte sich die kleine Karawane, bestehend aus dem Jungen und dem Dromedar, langsam in Bewegung und schritt durch die nächtliche Wüste, immer dem Abendstern folgend.

Es war eine unglaublich stille Nacht. Kein Lüftchen ging, das über dem Boden einige Sandkörner aufwirbeln hätte können. Dabei wusste der Junge, dass die Dünen sich oft nachts auf diese Weise bewegten und so nach und nach ihre Position und Form wechselten. Denn auch wenn die Wüste scheint wie eine jahrtausendealte Konstante, so ist auch sie wie alles im Leben der unumgänglichen Veränderung unterworfen, die wiederum die Quelle für Neues ist. Doch in dieser Nacht blieben die Dünen ruhig und alles, was zu hören war, waren die Schritte eines kleinen Jungen im Sand und das Schlurfen von vier Dromedarfüßen, die ohne Unterlass über den Boden glitten, als wären sie zu keinem anderen Zweck geschaffen worden. Der Schlaf in der Höhle hatte ihn wirklich erholt, dachte der Junge bei sich und zum Glück hatte das Lasttier, das er an dessen Zaumzeug durch die Wüste lenkte, einige Stunden Ruhe bekommen nach all der Anspannung und den Strapazen. Die Luft war angenehm kühl in der Nacht und der Junge hoffte, bis zum Tagesanbruch einen Ort zu finden, an dem sie hoffentlich Schatten finden und sich ausruhen können würden. So gingen sie, wer weiß, wie lange und der Junge hatte ausreichend Zeit, seine Gedanken zu ordnen. Da er seit er denken konnte immer schon mit der Karawane und seiner Familie durch die Wüste gezogen war, war er es gewohnt, weite Strecken zu gehen. Auch für das Dromedar war dies nichts Neues. Was anders war, war lediglich, dass sie in der Dunkelheit gingen. Zwar mied die Karawane, mit der seine Familie ging, um Handel zu treiben, die große Hitze um die Mittagszeit, jedoch wurde immer danach getrachtet, einen sicheren Lagerplatz zu erreichen oder sich für die Nacht auch an einem Ort in der Wüste einzurichten, bevor die Nacht hereinbrach. Zu groß war die Gefahr, von Räubern überfallen zu werden oder auch einfach vom Weg abzukommen. Doch die Karawane wanderte schließlich immer auf alten Handelsrouten, die schon seit Jahrtausenden genutzt wurden und deren Verlauf wohl bekannt war. So wussten sie immer schon im Vorhinein, wo sie ihr Nachtlager aufschlagen konnten und welche Bedingungen dort herrschten. Manchmal war dies eine Oase, manchmal sogar ein Ort, an dem es eine befestigte Karawanserei gab, die ihnen Unterkunft gab. In vielen Nächten richtete sich die Karawane aber auch ihr eigenes Nachtquartier mitten in der Wüste ein. Der Junge kannte jedoch den Weg nicht, der vor ihm lag. Er wollte die kühle Nacht nutzen, um möglichst weit gehen zu können, bevor sich die Luft über dem Sandboden am Tag wieder aufheizen würde. Außerdem wollte er nicht zu viel Zeit in der Nähe der Höhle verbringen, wo der seltsame Mann mit dem Sand jederzeit zurückkommen konnte, sondern sich so weit wie möglich von dieser entfernen. Noch einmal drehte er sich danach um, doch der Höhleneingang war nicht mehr zu erkennen und selbst die Felsen vor der Schlucht erschienen dem Jungen nur mehr als ein kleiner, heller Punkt am Horizont, der vom Mondlicht angeleuchtet wurde und sich dadurch vom Wüstenboden abhob. Bald würde er nicht mehr klar feststellen können, aus welcher Richtung er gekommen war und wo diese faszinierende Höhle lag, dachte er sich. Doch das war im Moment nicht wichtig. Er sah den Abendstern vor sich und wusste zumindest, dass er vorwärtskam, wenngleich er nicht wusste, was ihn dort erwarten würde. In der Wüste ist es schwer, festzustellen, wie weit man schon gegangen war. Der Sand unter den Füßen sieht immer gleich aus, wie auch eine Sanddüne der anderen gleicht. Über lange Strecken, soweit das Auge reicht, gibt es keine Anhaltspunkte, schon gar nicht nachts. Als er die Felsen rund um die Höhle hinter sich nicht mehr ausmachen konnte, verlor auch der Junge allmählich das Gefühl dafür, wie weit und wie lange er bereits gegangen war. Er konnte es einfach nicht sagen und auch die Morgensonne machte sich noch nicht am Horizont bemerkbar. Dennoch merkte er, dass er müde wurde und nicht mehr viel weitergehen konnte, wenngleich er wusste, dass er keine Zeit verlieren durfte, wenn er überleben wollte. Also hielt er kurz an und gab dem Dromedar ein Zeichen, sich niederzuknien, sodass er aufsteigen konnte, um sich ein Stück von dem starken Tier tragen zu lassen, welches nicht die kleinsten Anzeichen von Müdigkeit machte. Er hatte die älteren Händler und Dromedarbesitzer schon oft dabei beobachtet und wusste, wie er dem Tier verständlich machen konnte, was er von ihm wollte. Auch das Dromedar war die Gesten gewohnt und zögerte nicht, dem Jungen seinen Wunsch zu erfüllen. So ging es vornüber in die Knie, um sich kleiner zu machen, damit der Junge hochklettern konnte. Zwar war der Sattel, an dem auch die Körbe seitlich befestigt waren, schon im Sturm von dem Tier gefallen, doch der Lederriemen, den der Junge vorhin um den Hals des Tieres befestigt hatte und an dem der Sandsack hing, bildete eine Schlaufe, in die er seinen Fuß absetzen konnte, um so auf das Tier aufzusteigen. Zwischen dem Höcker des Tieres und dessen Kopf machte er es sich so gemütlich wie es ihm möglich war. Es war nicht das erste Mal, dass er auf einem Dromedar saß. Schon lange hatten er und seine Freunde ein gutes Geschick dafür entwickelt, auf die Tiere zu klettern und auch in Balance zu bleiben, um nicht herunterzufallen. Da es sich nur um einen federleichten Jungen und keinen Erwachsenen handelte, störte sich auch das Dromedar nicht groß daran, dass kein Sattel vorhanden war. Langsam und etwas wackelig richtete es sich wieder auf, um dann den Weg fortzusetzen. Über das Zaumzeug, das der Junge noch immer in den Händen hielt, konnte er die Richtung bestimmen, in die es gehen sollte. Wenn es zu weit nach links vom Abendstern geraten war, dann zupfte er kurz an dem Lederseil und das Tier wusste gleich, dass es sich danach zu richten hatte. Geriet es zu weit nach rechts vom Abendstern, zupfte der Junge links und auch dann wusste das Tier Bescheid und änderte sogleich den Kurs. Eine wirklich komfortable Art zu reisen, dachte der Junge bei sich, als er da in seiner hohen Position saß, während nun doch ein leichter Wind, der durch die Bewegung des Tieres entstand, durch sein Haar strich. Von dieser erhöhten Sitzposition aus würde er auch jedes noch so kleine Indiz auf andere Menschen oder eine andere Karawane schneller erkennen können, war er überzeugt. Und so richtete er seinen Blick einmal auf den Abendstern, dann wieder in alle vier Himmelsrichtungen nacheinander, um den Horizont nach irgendetwas abzusuchen, das ihm vertraut vorkam. Das ging eine ganze Weile so. Während der Junge seine Aufgabe im Ausguck versah und die Umgebung prüfte, stellte das Dromedar verlässlich sicher, dass sie sich Meter um Meter unentwegt fortbewegten. Wie kaum in einer anderen Lage bewahrheitete sich hier das Sprichwort, dass selbst die größte Reise aus vielen kleinen Schritten besteht. Und dann, als das Dromedar den abertausendsten Schritt tat, meinte der Junge plötzlich, ein leichtes Glimmen am Horizont wahrnehmen zu können. Er war sich jedoch nicht sicher, ob dies die Feuer einer Stadt waren, die ihre Straßen erhellten oder ob es sich um die aufgehende

Morgensonne handelte, die hier bereits einige leichte Strahlen hinausschickte. Da er nicht wusste, welche Stunde der Nacht bereits hereingebrochen war, konnte er weder sagen, ob es mitten in der Nacht war oder der nächste Tag schon bald bevorstand. Doch da es ohnehin die Richtung war, die sie eingeschlagen hatten und in der sich nun das schwache Glimmen in der Ferne unter dem Abendstern zeigte, während der Rest des Horizonts im Dunkeln verblieb, verspürte der Junge keine Veranlassung, den Kurs zu ändern. Er war neugierig, was sich da bald vor ihnen zeigen würde. Er hoffte nur, dass es keine Fata Morgana war. Er hatte solche bereits häufig in seinem Leben gesehen. Mal sah man Menschen am Horizont und manchmal sogar Pflanzen und Tiere, die da aber gar nicht waren. Die Älteren erzählten den Kindern oft, es wären die Geister von verstorbenen Wesen, die da endlos durch die Wüste wanderten, weil sie dies auch ihr ganzes Leben getan hatten und auch im Jenseits dieser Gewohnheit keinen Abbruch mehr tun konnten. Oft fragte sich der Junge dann, ob diese Menschen denn überhaupt wussten, dass sie bereits verstorben und in einer anderen Welt angekommen waren oder ob sie aber niemals bemerkt hatten, dass sich irgendetwas verändert hatte und sie einfach weitergingen, wie sie es immer taten. Der Junge wusste aber nicht, ob solche Fata Morganas auch nachts auftreten konnten. Zumindest hatte er davon noch nie etwas erzählt bekommen. In jedem Fall war er dankbar für diese Abwechslung in der scheinbar ewigen Dunkelheit und da sich das Glimmen genau unter dem Abendstern befand, dem er ohnehin folgen wollte, wies er seinem Dromedar nicht an, den Kurs zu wechseln. Es sollte noch einige Zeit dauern, bis sie sich dem Licht am Horizont so weit näherten, dass der Junge sich von dessen wahrer Natur überzeugen könnte. Wieder einmal hatte das Schaukeln, welches durch den Gang des Reittiers geschaffen wurde, eine einschläfernde Wirkung auf den Jungen. Er merkte, wie es ihm immer schwerer fiel, seine Augen offenzuhalten. Mittlerweile hatte er sich mit seinen Gliedern so in den Lederriemen verhakt, dass er eine feste Einheit mit dem Tier bildete. Selbst, wenn er einschlafen würde, so war er sich sicher, würde er obenauf auf dessen Rücken bleiben. Eine Zeit lang konnte er den wankenden Bewegungen noch standhalten, die einen immer gleichen Rhythmus auf ihn ausübten und damit wie ein friedliches Schlaflied auf seinen Körper wirkten. Als sich seine Augenlider langsam schlossen und er nur noch aus einem schmalen Schlitz in die Ferne vor sich blickte, meinte er, die Strahlen der Morgensonne bereits heraufziehen zu sehen. Doch er konnte keinen zweiten Blick mehr darauf werfen, um dies zu überprüfen. Denn seine Augen waren bereits zugefallen und während das Dromedar verlässlich und treu weiter seinen Weg geradeaus ging, machte der Junge eine kleine Rast auf dem edlen Tier, das ihn da durch die Wüste trug, wo die Nacht langsam aber sicher dem Tage wich.

Die Rückkehr

Lange genug, um ins Reich der Träume zu entschwinden, konnte er diesmal allerdings nicht schlafen. Denn schon bald wurde er von Stimmen geweckt, die sich ob der Tatsache, dass er die letzten Tage nur mit sich und dem Tier gesprochen hatte, sehr fremdartig für ihn anhörten. Die Stimmen wirkten sehr aufgeregt und hektisch. Als er versuchte, die Augen zu öffnen, kam ihm gleißendes Licht entgegen, sodass er sich die Hand vor die Augen halten musste, um sich vor der Sonne zu schützen, die mittlerweile bereits hoch am Himmel stand. In diesem Moment wurde seine ausgestreckte Hand von jemandem erfasst und prüfend beäugt, als ob etwas Sonderbares daran wäre. Der Junge erschrak! Denn mehrere Menschen standen direkt um ihn herum und sprachen wild durcheinander. Ein erster Impuls verlangte von ihm, schnell zu flüchten, doch er konnte nicht. Seine Beine waren noch immer in den Lederriemen verheddert, die um das Dromedar geschnallt waren, das sich mittlerweile niedergekniet hatte, sodass die Menschen um ihn herum auch auf ihn hinunterblickten. Der Junge war verwirrt und die Unruhe der Männer um ihn herum, deren Gesichter er noch nicht erkennen konnte, übertrug sich auch auf den Jungen. Er kannte diese Menschen nicht. Sie gestikulierten wild mit ihren Händen und schrien lautstark durcheinander, sodass den Jungen ein beängstigendes Gefühl beschlich. Er tat sein Möglichstes, um seine Füße aus dem Lederriemen zu befreien und das Weite suchen zu können.

Doch schlagartig wechselte seine Unruhe in pure Freude. Denn plötzlich hörte er in der Ferne eine ihm wohlbekannte Stimme, die sich mit schnellen Schritten näherte. Es war die Stimme, die er gestern Nacht noch in seinem Traum gehört hatte und die er nur zu gut kannte. Sie gehörte seiner Mama, die mit Tränen in den Augen auf ihn zugelaufen kam, sich ihren Weg durch die Traube an Menschen bahnte, die sich um den Jungen geschart hatte und ihn sofort fest in ihre Arme nahm. Tränen rannen beiden über ihre Gesichter, als sie sich wieder fest umarmten. Es war, als ob die ganze Anspannung der letzten Tage, die ihn so tapfer gemacht hatte, wie es in seiner Lage notwendig war, mit einem Mal von dem Jungen abgefallen war und er nun wieder einfach nur der kleine Junge seiner Mama sein durfte. Er hatte gehofft, dass er sie wiedersehen würde, aber seine Furcht war auch groß, sie womöglich nie mehr finden zu können. Die Leute, die um die Szene herum gestanden waren, wussten nun, dass der Junge seine Mama wiedergefunden hatte und langsam löste sich das Getümmel auf. Nur zwei Männer blieben noch stehen. Unsanft lösten sie den Jungen von den Lederriemen, während sie weiter miteinander diskutierten. Beide schienen weniger daran interessiert zu sein, dem Jungen zu helfen, als des Dromedars habhaft zu werden. Sie fingen an, heftig zu argumentieren, denn beide waren der festen Überzeugung, dass es ihr Dromedar war, das hier wieder zurückgekehrt war. Seine Mutter wollte ihn schon von der Szene wegziehen, doch ihr Sohn wich noch einmal zurück. Er nutzte die Ablenkung der beiden Händler, die sich um das Tier stritten, um auch den großen Sandsack an sich zu nehmen, den er am Dromedar befestigt hatte. Noch einmal strich er dem Tier, das ihn wieder zurück zu seiner Familie gebracht hatte, dankbar über den Kopf und ging dann mit seiner Mutter weg von den beiden Streithähnen, die immer lauter wurden, während sie wild mit den Händen in der Luft fuchtelten, um damit ihre vermeintlichen Argumente zu untermauern und bei ihrem Gegenüber Eindruck zu schinden. Dem Dromedar schien es gänzlich egal zu sein, wer künftig sein Herr sein würde. Es würde dort wie da noch viele tausend Meilen gehen und sich trotzdem seinen eigenen Kopf bewahren. Der Junge ahnte, dass dies nicht der letzte Ausriss des Tieres bleiben würde.

Mit schnellem Schritt und den Jungen dabei immer fest im Arm ging die Mutter mit ihm in das Zentrum der Karawanserei, in der die Karawane sich für die Nacht niedergelassen hatten und wo ihnen bereits andere Familienmitglieder ungläubig und mit Tränen in den Augen entgegenkamen. Auch der Onkel des Jungen war dabei und sie alle umarmten den Jungen, während Freudentränen ihnen über die Wangen liefen. »Komm, sicher bist du hungrig.«, sprach seine Tante besorgt, während sie ihm über die Wange strich und ihn fest am Hinterkopf hielt, als wollte sie ihn nie mehr loslassen. »Du bekommst jetzt etwas zu essen und dann erzählst du uns, wo du nur gesteckt hast.«

Gemeinsam gingen sie zu einem braunen Zelt, das der Junge gut kannte, denn es gehörte seiner Familie. Davor brannte ein kleines Feuer. Darüber war ein Topf aufgehängt, um Essen darin zu kochen. Dass es bereits gar und bereit war, serviert zu werden, konnte man leicht bereits im Vorbeigehen am Geruch vernehmen. Es duftete herrlich und erst jetzt merkte der Junge, welchen Hunger er bereits hatte. Sie alle setzten sich auf den Boden des Zeltes. Umgehend tischte seine Tante ihm etwas auf, während seine Mutter Fladenbrot und Wasser heranbrachte und auf einer extra dafür ausgebreiteten Decke platzierte. Gierig griff der Junge zu und schlang einen Bissen nach dem anderen hinunter, während seine Familienmitglieder um ihn herumsaßen und dabei ihre Blicke neugierig auf ihn richteten. Sie alle waren gespannt, was er zu erzählen hatte. Sie wollten wissen, wo er gewesen war und konnten noch immer nicht glauben, dass er es wirklich war, den das Dromedar ihnen wieder zurückgebracht hatte. Noch immer konnte sein Vater kein Wort fassen. Kreidebleich, als würde er einen Geist sehen, starrte er auf den Jungen. Tatsächlich war es kein Geist, den er sah, sondern die Angst, die von ihm abfiel, seinen Jungen womöglich für immer verloren zu haben. Also ergriff der Onkel des Jungen das Wort. Er erklärte dem Jungen, dass alle Mitglieder der Karawane nach ihm gesucht hatten, aber keinerlei Spur von ihm zu finden war. Auch das fehlende Dromedar war nicht aufgefallen, da es zu einer anderen Karawane gehörte, die sich zeitgleich mit ihnen in der Oase aufgehalten hatte. Aufmerksam hörte der Junge zu, was während seiner Abwesenheit geschehen war, während er einen Bissen nach dem anderen hinunterschlang. Voller Ungeduld warteten die anderen darauf, auch vom Jungen zu hören, was er durchgemacht hatte und was er zu erzählen hatte, jedoch wagte es niemand, ihn bei seiner Mahlzeit zu unterbrechen. Mit strengem Blick wachte die Tante darüber, dass dies auch so blieb. Schließlich hatte er womöglich seit Tagen nichts gegessen. Endlich leerte sich aber der Teller vor dem Jungen und seine Kaubewegungen verlangsamten sich, als er einen Bissen Brot in seinen Mund steckte. Während er noch immer hastig ein weiteres großes Stück vom Laib abriss, damit noch einmal den Saft im Teller vor sich auftunkte und dann genüsslich davon abbiss, begann er, seiner Familie davon zu erzählen, was geschehen war. Er schilderte ihnen von dem Versteckspiel mit seinen Freunden, das ihn erst in seine Misere gebracht hatte und dass er sich bald inmitten der Wüste im Korb des Dromedars wiedergefunden hatte. Er erzählte von dem Sandsturm und von der Schlucht, in der das Dromedar und er schließlich gelandet waren. Und selbstverständlich erzählte er von der wundersamen Höhle, in der er die Nacht verbracht hatte. Schon bis hierhin klang die Geschichte für seine Zuhörer geradezu unglaublich, doch welchen Grund hätte der Junge auch, sie anzulügen? Obwohl sein Onkel sich sicher war, dass in der Richtung, aus der der Junge an diesem Morgen mit dem Dromedar gekommen war, weit und breit keine Schlucht und schon gar keine Höhle bekannt war, bemühten sie sich, den Worten des Jungen Glauben zu schenken und hörten dessen Erzählung weiter achtsam zu. Der Junge bemerkte die ungläubigen Gesichter seiner Familienmitglieder und zögerte daher kurz, weiter zu erzählen. Doch er wusste, was er gesehen hatte und war sich sicher, dass es kein Traum gewesen war. So erzählte er ihnen von den Lichtern und den sagenhaften Symbolen an den Wänden, die bei Gesang zu leuchten begannen. Dann aber jagte es dem Jungen selbst einen kalten Schauer über den Rücken, als er erklärte, dass er nicht allein in der Höhle gewesen war. So trug er seiner Familie vor, dass er einen seltsamen Mann in der Höhle beobachten konnte, der umgeben von Sandsäcken war und dort unten damit hantierte. »Kum Adam.«, fuhr es seinem Vater bei dieser Schilderung erschrocken heraus. »Der Sandmann.« Alle Augen blickten nun auf den Vater, der noch immer kreidebleich im Gesicht war und dessen Augen starr auf den Jungen blickten, ohne dabei zu blinzeln. Einen Moment war es still im Raum, denn auch der Junge hatte seine Erzählung unterbrochen. Mit Augen voller Unglauben und Erschrockenheit fand er schließlich wieder seine Stimme. Der Vater des Jungen erklärte, dass er sich an einen Traum erinnerte, den er letzte Nacht hatte. Der Traum ähnelte den Beschreibungen des Jungen so sehr, dass er nicht glauben konnte, was sein Sohn der Familie vorgetragen hatte. Es war ihm beinahe, als wäre er mit in der Höhle gewesen und hätte mit beobachten können, was sich dort in der letzten Nacht zugetragen hatte. In seinem Traum hatte er den Mann mit dem Sand gesehen. Er spürte, dass dieser Mann etwas mit seinem Jungen zu tun hatte, aber als er am Morgen aufwachte, tat er es als einen nutzlosen, wenn auch seltsamen Traum ab. Nun, da der Junge der Familie seine Erlebnisse schilderte, konnte der Vater einfach nicht glauben, was er hörte. »Ist das alles wahr?«, fragte auch sein Onkel nun noch einmal nach. »Ja, ihr müsst mir glauben. Ich habe euch auch Sand aus der Höhle mitgebracht.« Bei diesen Worten blickte der Junge sich nach seinem Sack mit dem Sand um, damit er ihn holen und ihn den anderen zeigen konnte. Als der Junge seine Hand danach streckte, fuhr seiner Mutter ein Schock durch alle Glieder. »Was hast du da, mein Junge? Was ist da an deiner Hand?« Nun sahen alle, dass auf der Innenfläche der Hand des Jungen ein seltsames Symbol eingebrannt war. Verwundert und zugleich erschrocken blickte auch der Junge nun auf seine Hand. Denn er hatte die Zeichnung an seiner Hand selbst noch nicht bemerkt. Eine Gänsehaut lief ihm über die gesamte Haut. Während seine Verwandten erstaunt darüber waren, welch wundersames Symbol er da auf der Haut trug, wusste der Junge nur zu genau, worum es sich dabei handelte. Es war dasselbe Symbol, das er in der Höhle mit ebenjener Hand berührt hatte. Auf irgendeine Weise musste es sich, ohne dass er es bemerkt hatte, in seine Haut gebrannt haben. Daraufhin erklärte der Junge, dass es sich um eines der Symbole aus der Höhle handelte. Nun hatten die anderen keinen Grund mehr, der Geschichte des Jungen nicht zu glauben. So etwas hatten sie noch nicht gesehen. Es war ein so kunstvolles Symbol. Der Onkel nahm die Hand des Jungen und betrachtete es genau, doch obwohl er sehr belesen war und mit den Sterndeutern und Weisen des Landes in engem Austausch stand, konnte er sich keinen Reim darauf machen. Solch ein Zeichen hatte er noch nie gesehen und es ähnelte auch keiner Schriftsprache, die er kannte. »Tut dir das weh, mein Junge?«, wollte seine Tante wissen. Der Junge verneinte. Das Zeichen machte auch nicht den Eindruck, als wäre es durch eine Wunde entstanden. Es war lediglich eine dunklere Einfärbung in Form des Symbols an seiner Handfläche, die da deutlich zu sehen war. »Der Sand.«, ging es dem Jungen durch den Kopf, als die anderen noch neugierig seine Hand betrachteten. Er lief in die Ecke, wo der große Sandsack stand und zog ihn an die Stelle, wo seine Familie neugierig darauf wartete, zu sehen, was der Junge nun vorhatte. Dann griff er mit seiner Hand hinein und holte einen der kleineren Sandsäcke heraus, die er aus der Höhle mitgenommen hatte. Er öffnete den Knoten der Schnur, die darum gebunden war, sodass sie den Sack verschloss und ließ etwas davon in seine Hand rieseln. »Seht nur.«, sagte er in Richtung seiner Familie. Und tatsächlich ahnte jeder, der um den Jungen stand, dass es sich dabei um keinen normalen Sand aus der Wüste handelte. Während Sandkorn für Sandkorn wieder hinunter in den Sack rieselte, waren hunderte winzige, funkelnde Lichterscheinungen sichtbar. Der Onkel des Jungen rieb sich die Augen, da er nicht deuten konnte, ob es eine Lichtspiegelung war, die von der Sonne kam, die durch einen Spalt an der Zeltdecke hereinschien oder es wirklich etwas Sonderbares mit diesem Sand auf sich hatte. »Des Sandmanns Sand.«, flüsterte der Vater des Jungen ungläubig vor sich hin, während er seinen Blick nicht davon abwenden konnte.

»Was hat das alles zu bedeuten?«, fragte die Tante des Jungen erschrocken, während sie sich ehrfürchtig ihre Hand vor den Mund hielt, als wollte sie sich selbst davon abhalten, ihre eigenen Worte zu vernehmen. Denn es war die schiere Ungewissheit, vor etwas gestellt zu sein, das sie sich nicht erklären konnte, die ihr Angst einjagte.

»Wenn das wirklich des Sandmanns Sand ist…«, so versuchte der Onkel, die Frage seiner Frau zu beantworten. »Dann vermag er auch, was der Sandmann vermag.« Der Junge, der noch immer den Sandsack in Händen hielt, schaute fragend zu seinem Oheim auf. »Träume?« Der Onkel sah ihm mit ernstem Blick tief in die Augen und bestätigte seine Annahme. »Träume.« Ungläubig blickte der Junge in den kleinen Beutel, den er in seinen Händen hielt. Sollte dies wirklich der Sand des Sandmanns sein, den er aus der Höhle mitgenommen hatte? Hatte er womöglich den Sandmann selbst bei seinem Werk beobachtet? Ein kalter Schauer lief dem Jungen bei diesem Gedanken über den Rücken. Er erinnerte sich, dass er in der Höhle eingeschlafen war, nachdem ihm Sand in die Augen gerieselt und ihm danach der Abendstern im Traum erschienen war, der ihn später schließlich wirklich wieder zu seinen Eltern geführt hatte. Noch einmal griff der Junge in den Sack, um mit seinen Fingern darin zu wühlen. »Aber wie funktioniert das?«, wollte der Junge wissen und starrte dabei den Onkel an, der ein verdutztes Gesicht machte und erst einmal auch nichts Gescheites auf diese Frage zu entgegnen wusste. Das wollte er sich allerdings vor versammelter Familie nicht anmerken lassen. »Gib mir einmal den Beutel.«, forderte er den Jungen auf. Dieser tat, wie ihm geheißen wurde, nahm ihn und übergab ihn dem Onkel, der bereits wartend seine Hand entgegenreichte.

Nervös blickte der Onkel aus seinem Augenwinkel heraus auf die anderen Familienmitglieder, die alle neugierig um ihn herumsaßen. Ihre Augen waren gebannt auf ihn gerichtet, um zu erfahren, was nun als Nächstes geschehen würde. Der Onkel öffnete den Sack und wühlte nun selbst mit drei seiner Finger etwas im Sand herum, ganz so, als wüsste er genau, was er tat. Dabei erweckte er geradezu den Anschein, als würde er ein Zauberritual ausführen. Plötzlich sprach er in befehlsartigem Ton zu dem Jungen. »Denk an was Schönes!« Überrascht blickte der Junge seinen Onkel ob dieser eigenartigen Aussage einen Moment lang mit fragendem Gesichtsausdruck an. Dann jedoch kam ihm unweigerlich in den Sinn, dass ihm seine kleine Reise mit dem Dromedar doch irgendwie auch sehr gefallen hatte und er erinnerte sich auch an die wunderschönen Lichter in der Höhle, die ihn so sehr fasziniert hatten. Ein zufriedenes Lächeln wich dem fragenden Blick des Jungen im Gesicht. Und als der Onkel das wahrnahm, hatte er seine flache Hand bereits vor dem Gesicht des Jungen ausgebreitet und etwas Sand darauf platziert, um es ihm sanft ins Gesicht zu pusten. Die anderen Familienmitglieder beobachteten die Szene. Noch verstanden sie nicht genau, was da gerade vor ihren Augen passierte. Doch wieder nahmen sie die glitzernden Lichteffekte zwischen den Sandkörnern wahr, als der Sand durch die Luft wirbelte und in Richtung der Augen des Jungen flog. Verblüfft wich dieser etwas zurück und rieb sich die Augen, die er instinktiv zugekniffen hatte. Mit strengem Blick sah seine Tante ihren Mann an und war kurz davor, diesem für seine Frechheit eine Standpauke zu halten. Doch es dauerte nicht lange, da gähnte der Junge lautstark, schloss seine Augen und kippte langsam nach hinten zum Pfeiler in der Mitte des Zeltes hinter sich, um daran angelehnt sitzenzubleiben. Mit einem Moment schien der

Junge zu schlafen, obwohl er gerade noch wach vor ihnen gesessen hatte. Die Mutter des Jungen war tief besorgt, ob es ihm gut ging. Eilig wollte sie zu ihm stürzen, um zu sehen, ob alles mit ihm stimmte, doch der Onkel hielt seinen Arm vor die Mutter und deutete ihr, abzuwarten und dass es in Ordnung war. Sie sollte den Jungen schlafen lassen. Eine Unruhe ging durch den Raum, die jedoch gleichzeitig von Faszination erfüllt war. Abwechselnd fielen die Blicke der Familienmitglieder ringsum auf den Jungen und auf den Sandsack. Der Onkel sah den Jungen vor sich, wie er friedlich und sanft schlief und träumte. Dann spürte er, dass er selbst noch immer das Säcklein Sand in seiner Hand hielt, während seine Fingerkuppen bis zur Hälfte darin eingetaucht waren und die weiche, aber stabile Oberfläche spürten, die der Sand bildete. Greifbar, aber gleichzeitig formbar. Eben so, wie der Stoff sein sollte, aus dem Träume gemacht werden. Mit jeder Sekunde wuchs die Verlockung in ihm, es dem Jungen gleichzutun.

Lange geschah nichts und eine ungewöhnliche Ruhe erfüllte das Zelt. Nach einer Weile jedoch öffnete der Junge wieder seine Augenlider. Ein müdes aber zufriedenes Gähnen wie nach einem guten, erholsamen Schlaf entwich seinem weit aufgerissenen Mund. Mit seinem Handrücken rieb er sich die Augen, um sich danach umzusehen. Er versuchte, in dem halb dunklen Raum Orientierung zu finden. Zu seiner Überraschung waren alle Familienmitglieder noch da, aber sie schienen zu schlafen. Der Junge ertastete den Zeltsteher hinter sich, an den er gelehnt saß und richtete sich langsam auf. Er ging einige Schritte zu seiner Mutter, die da zusammengekauert am Boden lag und wie die anderen aus seiner Familie friedlich schlief. Er streichelte ihr über den Arm in der Hoffnung, sie damit aufwecken zu können. Und tatsächlich bewegte sie sich etwas, als sie die Berührung spürte. Auch sie schien langsam aber sicher aus dem Schlaf zu erwachen und sich nach und nach aus ihrem Traum zu verabschieden. Nun rührte sich auch in der anderen Ecke des Raumes etwas. Es sollte noch etwas dauern, doch auch die anderen Familienmitglieder beendeten ihren Schlaf und kamen wieder zu sich. Nacheinander öffneten sie die Augen, blickten sich um und realisierten, was geschehen war. Sie alle hatten der Versuchung nicht widerstehen können, etwas von dem Sand genommen und sich in die Augen gestreut, um davon in tiefen Schlaf versetzt zu werden und das Werk des Sandmanns selbst über sich zu bringen. Dann ging der Junge hinüber zu seinem Onkel, der auch gerade erwachte und sein

Möglichstes tat, um sich zurechtzufinden. »Onkel, wach auf.«, flüsterte er ihm zu. Dieser blickte auf und erfasste den Jungen fest bei der Schulter. »Was hast du geträumt, mein Großer. Sag's mir!«, sprudelte es sofort aus dem Onkel, sobald er wieder bei Sinnen war. Da erinnerte sich der Junge wieder lebhaft an das, was er geträumt hatte. Es war ein so real wirkender Traum, dass er ihn für echt gehalten hatte. »Onkel, ich habe von der Höhle geträumt. Es war so schön. Die bunten Farben und ich habe mich so wohlgefühlt darin. Und ich glaube, ich weiß jetzt, wo sie ist.«

»Was sagst du da, mein Junge?«, stieß der Onkel nach. »Ja, ich glaube, ich kann die Höhle wiederfinden. Der Traum hat es mir gesagt.«, antwortete er. Mit großen Augen starrte der Onkel seinen Neffen an und fuhr sich dabei fassungslos durch sein schütteres Haar. Dann erinnerte er sich selbst an seinen Traum. »Schnell, zeig mir deine Hand,«, fuhr er den Jungen ungeduldig an. Der Junge zeigte ihm beide Hände. Der Onkel ergriff sofort diejenige, auf der das Mal zu sehen war, das ganz in Form eines Symbols aus der Höhle gezeichnet war. »Grundgütiger!«, entfuhr es dem alten Mann fassungslos. Der Junge wusste nicht, wie er dies deuten sollte. Sein Onkel wirkte sehr verwirrt und gleichzeitig erschrocken. Was hatte es mit dem Symbol auf sich und was wusste der Onkel darüber? »Wisst ihr, bevor ich mir den Sand in die Augen gestreut hatte und eingeschlafen war, dachte ich an das Symbol an deiner Hand. Und dann, im Traum ist es mir erneut erschienen. Ich sah es aber nicht an deiner Hand. Sondern ebenso wie du an der Höhlenwand. Ich denke, ich weiß jetzt, wie du dich darin gefühlt hast. Ich konnte es fühlen, so lebendig und echt, obwohl es nur ein Traum war. Es war so ein wunderschönes Gefühl in dieser Höhle. Es war da so viel Geborgenheit und Wärme, fast wie ein ungeborenes Kind, das noch geschützt im Bauch seiner Mama schläft.« Der Junge sah seinen Onkel mit starrem Blick an. Zum einen konnte er nicht verstehen, was genau passiert war und woher sein Onkel all das hatte, zum anderen wusste er genau, dass er eben jenes Gefühl beschrieb, das er selbst auch in der Höhle vernommen hatte. Ebenso hatte er es erlebt, als er sich in der Höhle befand und ebenso hatte er es noch einmal gefühlt, als er nun im Traum noch einmal durch die Höhle wandeln durfte. »Junge, wenn du diese Höhle finden kannst; ich komme mit dir.«, sprach der Onkel seinem Neffen fest entschlossen tief in die Seele, als würde er einen Schwur leisten wollen. Denn er blickte ihm dabei tief in die Augen, die bekanntlich ja der Zugang zur Seele sind. »Aber was bedeutet das Symbol auf seiner Hand?«, wollte die Mutter des Sohnes nun wissen, die das Gespräch der beiden aufmerksam mit verfolgt hatte.

»Es ist ein Schlüssel, mein Junge.«, antwortete der Onkel. »Mein Traum hat es mir verraten.«

»Ein Schlüssel?«, warf der Vater des Jungen ein, der sich mittlerweile der kleinen, erwachten Gruppe genähert hatte. »Weißt du,«, begann der Onkel. »Selbst, wenn wir den Ort auffinden könnten, an dem sich diese magische Höhle befindet, die alle Antworten in sich trägt, es würde uns nichts helfen. Wir könnten den Eingang nicht erkennen und würden vergeblich weitersuchen. Denn unser Unglaube, dass es sie wirklich gäbe und unsere Angst vor dem Ungewissen würde uns blind dafür machen. Wir könnten direkt vor dem Eingang stehen und würden es dennoch nicht merken, dass wir uns schon direkt davor befänden. Denn wir würden weiter mit den alten Augen unserer bisherigen Erfahrungen und unserer bisherigen

Erkenntnisse auf die Dinge blicken.« Fragend, was der Onkel genau meinte, blickten sich die Umherstehenden gegenseitig an.

»Um Neues zu finden, müssen wir unsere alten Prägungen und Erfahrungen hinter uns lassen.«, sprach der Onkel weiter. »Sonst werden wir immer nur Ähnlichkeiten und Wiederholungen der Dinge sehen, die wir schon kennen. Und das bedeutet, unvoreingenommen mit neuen Augen sehen zu wollen.«

»Aber warum ist dieses Symbol auf seiner Hand nun ein Schlüssel?«, wollte die Mutter des Jungen wissen. Ihr Bruder erklärte. »Wir Menschen wollen gerne etwas Handfestes haben für das, was wir nicht fassen können. Das Symbol an deiner Hand ist ein Beweis dafür, eine Art Erinnerung, dass sich dein Blick auf die Dinge nun geändert hat. Nun wird es dir leichter fallen, eine neue Perspektive auf die Welt einzunehmen, da dich das Symbol immer an das, was du gelernt hast und deine neuen Erkenntnisse erinnern wird. Aus irgendeinem Grund war der Zugang zu der Höhle für dich in jener Nacht freigelegt, als du mit dem Dromedar dort ankamst. Wahrscheinlich, weil der Sandmann für dich bereits vorausgegangen war und sie für dich geöffnet hatte. Er fuhr fort »Du bist mit der Unbedarftheit eines Kindes und ohne Erwartungen in diese Schlucht gegangen und daher konntest du den Höhleneingang auch sehen. Die Höhle hat dir nun aber einen Schlüssel geschenkt, mit dem du sie immer wieder öffnen kannst.« Der Onkel bemerkte, dass dem Jungen bange wurde. Das, was ihm gerade mitgeteilt wurde, machte ihm sichtlich Angst und er konnte es noch nicht greifen. Auch die anderen Familienmitglieder waren irritiert ob der Worte des Onkels. Doch sie hatten eine starke Ahnung, dass es stimmen musste, was er sagte. Denn sie alle hatten in den vergangenen Stunden Träume gehabt, so real wie sie sie noch nie geträumt hatten und die ihnen so viele Antworten gaben, dass sich immer weitere Fragen damit aufzutun schienen. Des Sandmanns Sand hatte seine Wirkung keineswegs verfehlt. Woran sie auch dachten, bevor sie sich den Sand in die Augen gestreut hatten, wurde im Traum schließlich beantwortet, vor ihnen noch einmal aufgefächert oder es wurde ihnen in verführerischer Weise ein Einblick auf ihre tief liegenden Emotionen, Wünsche und Sehnsüchte gewährt, die ihnen mit einem Mal bewusster wurden als je zuvor. Durch einen glücklichen Zufall hatte der Junge den Zugang zur Quelle dieses geheimnisvollen Sandes gefunden und wie es schien, hatte ihm die Höhle ihren Schlüssel dazu geschenkt, mit dem er sie wiederfinden konnte. Jeder von ihnen wusste, dass sie damit auf etwas ganz Besonderes gestoßen waren. In ihrem Leben hatten sie alle schon mehr Sandkörner gesehen, als sie in tausend Leben zählen könnten. Doch mit diesem Sand hatte es etwas auf sich. Dies war ganz bestimmt kein herkömmlicher Sand, wie man ihn überall in der Wüste unter seinen Füßen finden konnte. Die Mutter des Jungen konnte von einem ganz besonderen Traum berichten. Sie hatte davon geträumt, dass sie mit der Karawane in einer Oase ihre Zelter aufgeschlagen hatten, doch als sie das Zelt verließen, war der Himmel von Wolken verdunkelt, obwohl es noch mitten am Tag war. Ein starker und warmer Wind wehte durch das Lager der Karawane und die Männer hatten große Mühe, die aufgebrachten Tiere bei Ruhe zu halten. Schließlich aber geschah etwas Wundersames. Denn in ihrem Traum richtete sie ihren Blick zum Himmel hinauf und spürte dann plötzlich etwas Kaltes auf ihrem Gesicht. Es war ein Tropfen Wasser, der den weiten Weg vom Himmel über ihr hinter sich hatte und auf ihrer Wange gelandet war. Und dann noch einer, dem ein weiterer Tropfen folgte. Das Wasser kam einfach von oben heruntergefallen. Was zunächst nur wenige Tropfen waren, wurde schon bald zu einem regelrechten Regenschauer. Die Menschen rund um sie konnten ihren Augen nicht trauen. Sie suchten danach, das Wasser mit ihrem Mund aufzufangen und stellten Behälter auf, damit sich das Wasser darin sammelte. In Mulden auf dem Boden bildeten sich Lacken und die Kleider der Menschen waren bald durchnässt. Doch es machte ihnen nichts aus, denn sie wussten, welcher Schatz da vom Himmel fiel. Als seine Mutter mit ihrer Erzählung fertig war und ihr eine Träne über die Wange lief, da ihr der Traum so echt und verlockend erschienen war, versuchte der Junge, sich vorzustellen, wie es wohl aussähe, wenn Wasser vom Himmel stürzte. Regen, so etwas hatte der Junge noch nie erlebt, solange er sich zurückerinnern konnte. Denn in der Wüste kam das nicht oft vor. Darum waren die Oasen so lebenswichtige Orte für die Nomaden. Denn sie waren die einzigen Plätze, wo sich das Wasser unterirdisch sammelte und an die Oberfläche trat. Für Bewohner anderer Erdteile mag ein solcher Ort ein karges Bild bieten. Doch für die Nomaden war es ein sehr seltener und daher umso mehr kostbarer Platz.

Nachdem die Eindrücke und die Verwunderung über das, was sie erlebt hatten, etwas Zeit gehabt hatten, in die Köpfe der Familienmitglieder einzusickern und sie sich gegenseitig ihre sonderbaren Träume geschildert hatten, trat in dem kleinen Zelt ein Moment der Stille ein. Obwohl alle im Traum etwas sehr Wundersames wahrgenommen hatten, konnten sie noch immer nicht glauben, dass sich dies alles tatsächlich abspielte. Obwohl sie die glitzernden Funken beim Herabrieseln des Sandes sehen konnten und in ihren Träumen Dinge gesehen hatten, die sich so real anfühlten und derart geheimnisvoll wirkten, brachten sie es im Kopf einfach nicht zusammen, dass der Sand dafür verantwortlich sein sollte. Die Verlockung, es noch einmal zu probieren und sich auf diese Weise selbst zu beweisen, dass ihnen ihr Verstand hier keinen Streich gespielt hatte, war immens. Niemand brauchte auch nur ein Wort zu sprechen. Jedem in dem kleinen Raum war bewusst, dass sie denselben Gedanken hegten. Denn verstohlen, aber begierig richteten alle ihre Blicke auf den Sandsack in der Mitte des Raumes vor dem kleinen Jungen, der da im Schneidersitz am Boden saß. Da unterbrach der Onkel die seltsame Stille. Wie als wollte er seine Verwandten vor voreiligen Handlungen schützen, ergriff er den Beutel mit Sand am oberen Ende, um ihn so zu verschließen und sprach: »Also gut, wenn wir es noch auf einen Versuch ankommen lassen wollen, sollten wir uns gut überlegen, wie wir dabei vorgehen. Zum einen wollen wir sichergehen, dass wir einen Beweis bekommen, dass es wirklich der Sand ist, der diese Wirkung entfaltet, zum anderen möchten wir kein Sandkorn sinnlos verschwenden.« Dann richtete er seinen Blick auf seinen Neffen und sah ihm tief in die Augen: »Also mein Junge, wovon möchtest du träumen?« Noch immer war der Junge beseelt von der Erzählung seiner Mutter. Er blickte zu ihr hinüber und erklärte: »Ich möchte auch den Regen sehen. Ich will wissen, wie es sich anfühlt, wenn das Wasser vom Himmel kommt, wie die Luft riecht und wie sich der Wind vor dem Regen anfühlt. Ich will wissen, wie es sich anhört, wenn die Wolken platzen und…« Da unterbrach ihn sein Onkel, indem er mahnend seinen Zeigefinger vor dem Gesicht des Jungen ausstreckte. »Pass auf, mein Junge, was du dir wünschst! Stellst du dir deine Träume zu genau vor, dann beraubst du dich dessen, was der Traum vielleicht noch für dich bereithält, an das du aber selbst nie gedacht hättest.«, sprach er, womit er den erstaunten Blick eines verstummten Jungen erntete. Nach einem Moment der Stille und nachdem der Onkel sichergegangen war, dass der Junge noch einmal tief in sich gegangen war, um an das zu denken, was er nun im Traum erfahren wollte, griff er wieder nach dem Sack voll Sand, der am Boden neben ihm stand. Wieder tauchte er drei seiner Finger in den Sand und entnahm dann etwas davon, um es dann in seine andere, flach ausgestreckte Hand rieseln zu lassen. Dann würde er das Ritual wiederholen und dem Jungen den Sand ins Gesicht pusten, woraufhin dieser wieder in einen Schlaf versinken würde.

Doch gerade als der Onkel ein kleines Häufchen Sand auf seiner Hand aufgetürmt hatte und er diese nahe zu seinen Lippen führte, unterbrach er seinen Akt. Denn draußen, außerhalb des Zeltes war Unruhe zu vernehmen. Verwundert ob des ungewohnten Lärms, der von draußen in das Zelt drang, blickte er fragend hinüber zum Vater des Jungen. Dieser zuckte nur mit den Schultern. Denn auch er wusste nicht, was dies zu bedeuten hatte. Es schien, als würden die Menschen draußen in dem Zeltlager wild hin und her laufen und voller Unruhe durcheinanderreden. Ab und zu hörte man auch Rufe und widerwilliges Murren der Dromedare. Die Menschen draußen schienen über irgendetwas aufgebracht zu sein. Der Onkel wusste, dass dies kein guter Moment war, um den Jungen in tiefen Schlaf zu versetzen. Vorsichtig, um kein Korn zu verschwenden, füllte er den Sand auf seiner Hand wieder zurück in den Beutel und verschloss diesen wieder, um ihn dann sorgsam an einen sicheren Platz am Rand des Raumes zu legen. Währenddessen wurden die Unruhe der Menschen und der Lärm draußen lauter. Die Karawanserei schien in Aufruhr zu sein. Die Familie wusste, dass draußen etwas Ungewöhnliches vor sich ging. Doch so, wie das Herz immer etwas spürt, bevor der Kopf etwas weiß, fühlten sie, dass die Unruhe draußen nichts Bedrohliches an sich hatte. Die Rufe der Menschen trugen sogar etwas von Begeisterung in sich. Dennoch durchzog ein Knistern die Luft, das jeder deutlich wahrnahm und niemand ignorieren konnte. Sie mussten herausfinden, was die plötzliche Unruhe draußen zu bedeuten hatte. Von der Neugierde getrieben war der Vater bereits zum Eingang des Zeltes gegangen. Vorsichtig faltete er den Stoff zur Seite, um einen verstohlenen Blick durch den sich so öffnenden Spalt werfen zu können. "Das ist doch nicht…«, entfuhr es ihm, während ihm der Mund offen stehen blieb. Ganz offensichtlich hatte der Vater etwas Sonderbares draußen wahrgenommen. Nun stand auch der Onkel auf, um sich selbst anzusehen, was sich da draußen abspielte, das den Vater des Jungen so verblüfft zurückließ. Als er seinen Kopf beim Eingang hinausstreckte und das Geschehen vor dem Zelt erblickte, verstummte auch er für einen Moment. Dann fasste er aber wieder seine Worte. Mit einer herbeirufenden Handbewegung forderte er die anderen im Zelt auf, hinauszukommen. »Kommt, das werdet ihr nicht glauben.« Sofort sprang der Junge von seinem Platz auf. Denn auch er wollte wissen, was da draußen für Wundersames im Gange war. Auch die anderen folgten der Aufforderung und traten einer nach dem anderen aus dem Zelt heraus. Als die Mutter des Jungen als Letzte heraustrat, faltete sie ihre Hände vor ihrem Mund. »Das ist unmöglich.«, sprach sie. »Das habe ich geträumt.«

Fasziniert und verängstigt zugleich drückte sich der Junge an das Bein seines Vaters. Was sich vor seinen Augen abspielte, so etwas hatte er in seinem Leben noch nie gesehen. Während die Familie im Zelt gewesen war, hatte sich der Himmel verdunkelt. Auch die Sonne am Himmel war verschwunden, obwohl es noch Tag sein musste. Der Junge konnte sich nicht daran erinnern, dass er die Sonne am Himmel während eines Tages einmal nicht erblickt hatte. Ein warmer, aber heftiger Wind stieß in Böen durch das Zeltlager. Die anderen Händler taten ihr Bestes, um die Tiere bei Ruhe zu halten und ihre Habseligkeiten in die Zelte zu räumen. Und dann, als würde sich alles aus dem Traum seiner Mama bewahrheiten, spürte der Junge plötzlich etwas Kaltes und Nasses auf seinem Gesicht. Instinktiv wischte er es mit seiner Hand ab und sah, dass es ein Tropfen Wasser war. Wasser, das vom Himmel herabfiel. Verwundert ließ er seinen Kopf zurückfallen, sodass er gen Himmel blickte. Ein weiterer Tropfen landete auf seinem Gesicht und dann noch einer. Die wenigen Tropfen, die er vernahm, sollten nicht die letzten bleiben. Immer mehr Tropfen fielen aus den Wolken auf die Oase hernieder. Da zeichnete sich ein breites Grinsen im Gesicht des Jungen ab. Es war Regen. Sein erster Regen! Endlich! Es dauerte nicht lange, da wurden die Tropfen immer dichter und regelmäßiger, die da auf sie hinunterfielen. Ergriffen und voller Freude streckte die Mutter ihre Hände zum Himmel, als wollte sie das Wasser auffangen. Der Junge öffnete einfach seinen Mund, sodass das kühle Nass auf seine Zunge tropfen konnte. Auch um sie herum liefen Menschen umher und konnten ihr Glück nicht fassen. Auch sie streckten die Hände zum Himmel. Einige knieten auf dem Boden vor den Lacken, die sich nach und nach bildeten und lachten vor Freude. Die kleine Siedlung war von einem unerwarteten Freudentaumel befallen. Sie alle wussten, welch seltenen Moment des Glücks sie hier gemeinsam erleben durften und riefen sich Worte der

Freude und voller Dankbarkeit zu. Beinahe wirkte es, als trüge die Regentraufe die Kräfte eines Jungbrunnens in sich. Denn selbst die Alten freuten sich wie kleine Kinder ob der erfrischenden Wohltat. Die Betagtesten unter ihnen wussten, dass dies vielleicht ihr letzter Regen sein würde und genossen ihn darum umso mehr. Einige tanzten und waren ergriffen, andere wiederum waren geistesgegenwärtig und wollten das kostbare Nass auffangen. Wie im Traum der Mutter stellten sie jegliche Behältnisse auf, die diesen Zweck auch nur annähernd erfüllen könnten. Allein die Dromedare schienen nicht allzu erfreut zu sein und zeigten sich mürrisch gegenüber ihrer unfreiwilligen Dusche. Sie taten ihr Bestes, um sich noch mehr zusammen zu kauern, um möglichst wenig Oberfläche zu bieten, auf die der Regen prasseln konnte. Doch die Menschen erfreute es. Einige von ihnen tanzten im Regen und die Kinder hatten großen Spaß daran, durch die Lacken zu stapfen und sich gegenseitig mit Wasser zu bespritzen. Für die kleine Familiengruppe, die sich gerade noch im Zelt mit dem Traumsand beschäftigt hatte, war es jedoch ein noch faszinierenderer Moment. Besonders die Mutter des Jungen konnte es noch immer nicht fassen. Die Menschen, die Geräusche, die Farben des Himmels und der Wind, der den Regen durch die kleine Zeltstadt peitschte; alles zeigte sich genau wie in ihrem Traum und sie fragte sich, was das zu bedeuten hatte. War dieser Sand in der Lage, das vorherzusagen, was noch bevorstand oder vermochte er vielleicht sogar, den Lauf der Dinge selbst zu beeinflussen?

Da standen sie nun vor dem Eingang ihres Zeltes. Mit ihren vom Regen durchtränkten Kleidern fanden sie sich inmitten dieser unwirklichen Situation wieder. Bewundernd blickten sie auf die dunklen Wolken über sich, die Rinnsale und Lacken, die sich zwischen den Zelten der Oase in kürzester Zeit gebildet hatten und die Menschen, die wie wild durchwateten, darin tanzten und voller Dankbarkeit waren für diese Gabe des Himmels. In den Köpfen der Familienmitglieder taten sich jedoch mehr und mehr Fragen auf. Fragen, die sie nicht zu beantworten vermochten. Eines war jedoch allen klar; dieser Wetterumsturz war kein Zufall. Es hatte, wer weiß, wie lange keinen Tropfen mehr geregnet und ausgerechnet jetzt fiel das Wasser in Strömen vom Himmel, sodass es schien, als hätte der Traum der Mutter das Geschehene vorweggenommen. Wenn dies kein Grund war, dem Sand wundersame Kräfte zuzuschreiben, dann würde wohl auch nichts anderes mehr zu erwarten sein, das diesen Beweis noch deutlicher erbringen könnte.

Wenngleich dem Onkel des Jungen weiterhin Gedanken wild durch seinen Kopf rasten, schaffte es sein Körper dennoch, die Chance zu ergreifen und einige Tröge in Position zu bringen, um so die seltene Möglichkeit zu nutzen, das kostbare Trinkwasser aufzufangen, das ihnen vom Himmel geschenkt wurde. Denn er wusste, es gibt Momente im Leben, die bieten sich in ihrer Form nur einmal an und wollen genutzt werden. Und dies war ein solcher Moment. Ebenso spürte der Onkel, dass auch dieser Sand, den der Junge durch eine Verstrickung von Zufällen schließlich in die Oase gebracht hatte, ein solches Momentum in sich trug und auch ihm war klar, dass der so unerwartet eingetretene Regen nur weiteren Anstoß dazu gab, dem Geheimnis des Traumsands nachzugehen. Wenn er nun nicht dranblieb und die richtigen Schritte setzte, um dem Geheimnis auf die Spur zu kommen, würden sie vielleicht allen Traumsand ungenutzt verbrauchen, ohne seinem wahren Kern wirklich näher gekommen zu sein. Der Onkel wusste genau, dass diese Ungewissheit ihn bis an sein Lebensende verfolgen und er nicht mehr glücklich werden würde, wenn er sich als alter Mann einmal eingestehen müsste, nicht alles gegeben zu haben, um dem Ursprung und der Bedeutung dieses Traumsands näherzukommen. Sonst müsste er sich bis an sein Lebensende die wohl schlimmste aller Fragen stellen: Was wäre gewesen, wenn?

Als alle Tröge aufgestellt waren, die er finden konnte und diese sich langsam mit Wasser füllten, ging er wieder zielstrebig auf den Eingang des Zeltes zu, zog das Zelttuch beiseite, das einen Teil des Eingangs verdeckte und war kurz davor, hineinzugehen. »Onkel, wohin willst du?«, fragte ihn der kleine Junge, der ihn dabei beobachtet hatte, als er gerade dabei war, freudig in eine Wasserlacke vor dem Zelt zu springen. »Der Sand.«, antwortete sein Oheim nur knapp, während er mit entschlossenem Blick ins Zelt deutete. Auch die Tante des Jungen beobachtete die beiden und meinte erstaunt: »Wer weiß, wann wir den nächsten Regen bekommen?« Der Onkel, der schon einige Regen in seinem Leben gesehen hatte, ließ sich davon nicht beirren. Denn er wusste, im Inneren des Zeltes wartete etwas noch deutlich Kostbareres auf ihn. Ohne ein weiteres Wort zu verlieren, verschwand er wieder im Zelt. Der inzwischen patschnasse Junge, für den der Regen wie ein Zauber war, fühlte sich nun hin- und hergerissen. Die gewaltigen Eindrücke, die die Natur in den letzten Minuten draußen abgeliefert hatte, hatten den Jungen ganz vergessen lassen, dass kurz zuvor noch die seltsame Wirkung des Sandes seine volle Faszination beansprucht hatte. Nun war ihm diese jedoch wieder deutlich in Erinnerung gerufen worden und er fragte sich, ob der Sand tatsächlich auch etwas mit dem Regen zu tun haben konnte. Die meisten Tröge und Behältnisse waren mittlerweile gut gefüllt, während der Regenguss von oben langsam nachließ. Noch einmal reckte der Junge sein Gesicht zum Himmel, streckte die Handflächen nach oben aus und versuchte, so viel wie möglich von diesem Moment aufzusaugen und zu verinnerlichen. Dann allerdings entschloss er sich, dem Weg seines Onkels in das Innere des Zeltes zu folgen. Darin war es trocken, doch der Wind sorgte dafür, dass sich die Seitenwände des Zeltes immer wieder nach innen bogen. Auch war es viel lauter als vorhin im Zelt, denn das Prasseln des Regens auf das Zeltdach sorgte für eine ungewohnte, aber auf seltsame Art heimelige Geräuschkulisse, die das Innere des kleinen Raumes als geschützten Ort erscheinen ließ. Der Onkel saß im Schneidersitz am Boden vor dem Sandsack. Nachdenklich hielt er beide Spitzen seiner Zeigefinger an seine Lippen gepresst, während er beinahe wartend auf den Sandsack starrte, als sollte ihm der leblose Stoffbeutel eine Entscheidung abnehmen.

»Onkel, was ist mit dir?«, wollte der Junge von seinem Oheim wissen. Dieser reagierte zunächst nicht auf die Frage seines Neffen. Lediglich ein Stöhnen entwich ihm, in dem eine schwere Last zu liegen schien, die der Onkel offenbar in seinen Gedanken schulterte. Noch einmal entwich ihm ein schweres Seufzen, ehe er den Jungen vor sich mit ernstem Blick ansah und ihm nun endlich offenbarte, was ihm durch den Kopf ging.

»Wir müssen zurück in die Höhle.«

Mit erschrockenem Gesicht ließ der Junge noch einmal die Worte des Onkels in seinen Gedanken nachhallen. »Zurück in die Höhle? Aber warum?«, fragte er nach. Er war heilfroh, diesen Ort verlassen und wieder nach Hause gefunden zu haben. Er konnte sich keinen Grund vorstellen, warum er wieder dorthin zurückgehen sollte. In diesem Moment kehrten auch die Mutter und die Tante des Jungen hinter ihm leise in das Zelt zurück. Der Onkel legte seine Gedanken nun vor. »Dieser Sand hat uns nicht aus Zufall gefunden, sondern weil er uns auffordert, ein Geheimnis zu lüften. Ich will wissen, was genau dahintersteckt. Außerdem haben wir nur wenig Sand zur Verfügung. Ich muss die Quelle des Sandes sehen, die du uns beschrieben hast und noch mehr davon mit uns nehmen.« Ein regelrechter Schock durchfuhr den Jungen bei dem Gedanken daran, noch einmal an diesen Ort zurückzukehren, von dem er noch vor Kurzem gedacht hatte, ihn vielleicht nie wieder verlassen zu können. Seine Angst war ihm anzusehen. Er versuchte, seinem Onkel zu erklären, dass außerdem der Sandmann, dieses beinahe geisterhafte Wesen, auf sie warten könnte und sie sich damit womöglich in große Gefahr begeben würden. Alles in dem Jungen sperrte sich dagegen, dem Vorschlag des Onkels zu folgen, doch dieser sah die Angst im Gesicht seines Neffen und setzte nach: »Mein Junge, ich erkenne deine Angst an. Aber frage dich, wovor du wirklich Angst hast. Erinnerst du dich nicht an deine Träume? Der Sand hat uns doch darin gezeigt, dass sie immer etwas mit dem Innersten von jedem von uns zu tun haben, mit unseren Wünschen und Sehnsüchten. Warum sollte es bei der Quelle des Sandes anders sein? Wovor hast du also wirklich Angst? Fürchtest du dich wirklich vor den Gefahren, die am Weg auf uns lauern könnten? Oder ist es nicht vielmehr das, was du dir am sehnlichsten wünschst, das dir Angst macht? Deine Träume wahrwerden zu sehen? Wenn du merkst, dass dich etwas zurückhält, solltest du dich fragen, ob es nicht dein wahres Selbst ist, vor dem du Angst hast und das zwischen dir und deinen Wünschen steht.«

Der Junge brauchte einen Moment, um die Worte seines Onkels aufzunehmen und ernsthaft darüber nachzudenken. Doch so sehr ihn dieser Ort fasziniert hatte, an den ihn das Schicksal verschlagen hatte, so sehr fürchtete er sich auch vor der möglichen Rache des Sandmanns. Immerhin war es der Junge, der einen Sack seines Sandes mitgenommen hatte. Die Angst war dem Jungen anzusehen und nicht aus dem Gesicht gewichen. Auch der Vater des Jungen, der sich mittlerweile ebenfalls wieder im Zelt eingefunden und das Gespräch mit angehört hatte, war starr vor Schreck ob der Forderung des Onkels. Schließlich hatte er in seinem Traum auch die Höhle gesehen und was darin geschehen war, als wäre er selbst mit dabei gewesen. Nur zu gut konnte er die Ängste des Jungen nachempfinden. Doch da beugte sich die Mutter des Jungen zu diesem hinunter, sah ihm tief in die Augen und sprach ihm zu. »Mein Junge, mir machen diese Dinge genauso Angst wie dir. Aber dein Onkel hat nicht ganz unrecht. Weißt du, in uns allen leuchtet ein helles Licht. Auch in dir! Doch wir haben Angst, es anzusehen, einfach nur, weil wir es nicht gewohnt sind, in seine Helligkeit zu blicken.« Der Junge brauchte einen Moment, um all das zu verarbeiten, was die Erwachsenen ihm sagen wollten. Dann nahm seine Mutter seine Hand, auf der sich das geheimnisvolle Symbol befand. Der Junge hatte es schon beinahe wieder vergessen.

Seine Mutter erinnerte ihn aber nun wieder an dessen Bedeutung:

»Denkst du denn wirklich, das Universum gibt dir den Schlüssel zu einer Tür, die du nicht öffnen darfst?«

Der Junge hörte die Worte seiner Mutter, aber wusste sie noch nicht richtig einzuordnen. Die Ereignisse der jüngsten Zeit überschlugen sich in seinem Kopf. Sein Onkel erkannte dies und beruhigte ihn, dass sie nicht gleich eine Entscheidung treffen sollten. Eine große Sache an einem Tag wäre genug und sie hatten dieses Maß heute mit Sicherheit schon überschritten. Sie wollten an diesem Abend noch einmal darüber schlafen, jedoch diesmal, ohne den Traumsand zu benutzen. Morgen würden sie bei klarem Verstand entscheiden, wie sie weiter vorgehen wollten. Das Geräusch der Regentropfen, die auf das Zeltdach fielen, verstummte alsbald, doch ein Wind pfiff draußen weiter, sodass es die meisten der Familienmitglieder vorzogen, im Zelt zu bleiben und sich auszuruhen.

»Der Legende nach war dies das letzte Mal, an dem der Junge und sein Onkel gesehen wurden.« Mit diesen Worten schloss der fremde Händler seine Erzählung, der jeder, der sich in jener Nacht im Zentrum der Stadt aufhielt, gebannt gelauscht hatte. Eine Totenstille nahm den Platz ein, an dem die weisen Männer, die sich in der Stadt des Königs eingefunden hatten, noch immer rund um das Fuhrwerk versammelt standen, wo der geheimnisvolle Fremde, der sie in jener Nacht aufgesucht hatte, nun offenbar zum Ende seiner Geschichte gekommen war. Tagelang hatten sich ihre Gedanken um nichts anderes gedreht als das Geheimnis des Stoffes, der die Träume macht und gerade dann war da wie aus dem Nichts dieser seltsame Mann vor ihnen erschienen, der ihnen so viele Antworten lieferte, dass sie sie auf einmal gar nicht einordnen konnten. Eine Mischung aus neugieriger Erleichterung, da sie einen neuen Blick auf die Dinge gewonnen hatten und verängstigter Unsicherheit, da all das, was sie gehört hatten, so fantastisch und nicht greifbar schien, hatte sich über die Gruppe der Weisen gelegt. Die kleine Ansammlung wurde mittlerweile auch durch einige Bewohner der Stadt erweitert, welche zu dieser späten Stunde noch auf den Beinen waren und sich dem seltenen Spektakel auf dem Platz nicht entziehen wollten. Alle hatten sie der Geschichte des Händlers gelauscht und fragten sich, was das alles zu bedeuten hatte.

Einer der Weisen war die ganze Zeit dicht am Wagen gestanden, genau an jener Stelle, wo der Händler saß, sodass er ihm und seiner Erzählung die ganze Zeit über aufmerksam folgen konnte. Auch er fragte sich, was er mit all dem, was er nun gehört hatte, anfangen sollte. Da fiel sein Blick wieder auf den Sandsack, der noch immer halb geöffnet neben dem Händler auf der Sitzbank lag. Im Schein der Laternen, die einige der neugierig gewordenen Stadtbewohner mitgebracht hatten, fiel dem Weisen wieder das seltsame Glitzern dieses Sandes auf. Er fragte sich, warum ein Händler, der so weit gereist war, ausgerechnet so etwas Wertloses wie Sand mit sich führen sollte, für den kaum jemand Verwendung haben könnte, geschweige denn, dass der Händler den Sand auf dem Marktplatz gewinnbringend anbringen könnte. Da musterte er den Fremden noch einmal genau von oben bis unten. Mit seinem eleganten, schweren Tuch, das er kunstvoll um seinen Körper gewunden hatte, seiner eigenwilligen Kopfbedeckung und seinem langen, gepflegten Bart war er eine exotisch wirkende Erscheinung, die Ehrfurcht gebot. Noch immer hielt der Händler mit einer Hand die Zügel für seine Tiere locker in der Hand. Diese ruhte mit der Handfläche zum Himmel auf seinem Oberschenkel. Da erst fiel dem Weisen auf, dass sich etwas am Armgelenk des Fremden befand und von dort bis auf seinen Handballen reichte. Es war eine seltsame Zeichnung, auf die er sich nicht leicht einen Reim machen konnte. Eine wunderschöne Zeichnung, jedoch wahrscheinlich in der Schrift einer fremden Sprache, der der Gelehrte nicht mächtig war. Doch warum trug der Fremde es an der Hand? Er nahm sich vor, dem auf den Grund zu gehen und den Händler darauf anzusprechen. »Herr, Ihr habt ein kunstvolles Zeichen auf Eurem Handgelenk. Dürfen wir erfahren, was es bedeutet?«

Schnell streifte der Händler den Ärmel über sein Handgelenk, ganz so, als wäre er bei etwas ertappt worden. Da erschrak der Weise, der um Aufklärung gebeten hatte. Denn offenbar hatte er mit seiner Frage einen wunden Punkt des Fremden getroffen. Er wusste, dass in unterschiedlichen Kulturen ganz unterschiedliche Gesten und Tugenden üblich waren. Vielleicht galt es in der Kultur des Händlers als schändlich, über diesen Teil des Körpers zu sprechen oder vielleicht hatte das Symbol an seiner Hand einen religiösen Hintergrund, über den es sich nicht schickte, zu sprechen, raste es durch seinen Kopf. Noch bevor er erröten konnte, da er sich seiner Ungeschicklichkeit in kulturellen Belangen bewusst wurde, fiel jedoch ein anderer der gelehrten Bärtigen in die Szene ein, der dicht am Wagen stand. Als hätte dieser einen Geist gesehen, hielt er sich die eine Hand schützend vor den Mund, zeigte mit der anderen auf das Handgelenk des Händlers und sprach mit ehrfürchtiger Stimme. »Es ist das Symbol. Das Symbol aus der Höhle!« Ein Raunen ging durch die umherstehende Menge, die nun eine unangenehme Nervosität befiel. War es wirklich, wie ihr Kollege schlussfolgerte? War es das Symbol am Handgelenk des Jungen, von dem der Fremde ihnen gerade noch erzählt hatte und das der Schlüssel zur Höhle von Kum Adam war? Einige verstanden noch nicht, wie sie diese Informationen einordnen sollten, doch einer der Älteren bestätigte schließlich die Vermutung, die manche schon hatten. Mit bestimmter Miene wandte er sich an den fremden Händler und fragte ihn: »Stimmt es also? Seid Ihr in Wahrheit der Junge, von dem Ihr uns erzählt habt? Ist dies das Symbol, das Euch in der Höhle auf die Haut gebrannt wurde?« Gespannt wartete die Menge auf die Reaktion des Händlers. Doch dieser sprach kein Wort. Stattdessen blickte er von der erhöhten Sitzposition des Wagens aus auf den Fragestellenden, richtete dann seinen Blick in die Ferne über die Menschentraube, die ihm mit zig Augenpaaren entgegengaffte. Als würde er überlegen, ob er ein Geheimnis, so groß wie das Geheimnis der Menschheit selbst, mit diesen Menschen teilen oder es aber für sich behalten sollte, zögerte er und machte einen stoischen Eindruck, der nicht klar erkennen ließ, ob die Frage ins Schwarze getroffen hatte oder nicht. Doch je länger er den Gelehrten seine Antwort versagte, umso mehr wuchs deren Ungeduld und umso eher verdichteten sich die Anzeichen zu der Annahme, dass der Fragestellende unter ihnen richtig lag. Wenn dies stimmte, dann hatte der Händler ihnen nicht irgendeine Geschichte irgendeines Jungen unterbreitet, der in der Wüste verlorengegangen war und dabei durch mehr Glück als Unglück die Quelle des Sandmanns Sands ausfindig gemacht hatte, sondern es war seine Geschichte selbst. Dann war es seine Geschichte, die er selbst erlebt hatte, als er noch ein kleiner Junge war. Während der Fremde sich noch immer durch den Bart fuhr und zu überlegen schien, mit welchen Worten er auf die Frage reagieren sollte, ließ die steigende Ungewissheit einigen der Männer keine Ruhe mehr. Ihre Ungeduld steigerte sich ins Unermessliche. Mit jeder Sekunde wurde ihnen immer klarer, auf welchen Schatz sie hier womöglich gestoßen waren. In dieser Nacht wurde ihnen der Mann geschickt, der alle Antworten auf die Fragen ihres Königs kannte, nach denen dieser so dringend verlangte. Doch es war noch mehr, dachten sich einige. Wenn der Händler wirklich der Junge aus der Erzählung war, von der sie gerade erfahren durften, dann führte er womöglich auch mit sich, wonach ihr König begehrte und seit Tagen im ganzen Lande suchen ließ. »Der Sand!«, stotterte da ein beleibter Mann aus der dritten Reihe. Schneller, als die anderen begreifen konnten, was um sie herum geschah, drängte er einige seiner Vordermänner zur Seite, um seinen eigenen Körper zwischen ihnen nach vorne zu schieben. »Natürlich, es ist der Sand!«, wurde seine Stimme immer lauter. Die anderen waren überrascht von der Situation und verstanden nicht, was dieser Mann da wirr von sich gab. Die Dromedare wurden unruhig ob der plötzlichen Hysterie, die durch die Menge ging. Ehe jemand in der Lage war, ihn aufzuhalten, hatte sich der Mann seinen Weg durch die Menge gebahnt und war vorne am Wagen angelangt, sodass er mit dem Bauch bereits an der Ladefläche des Wagens anstand. Dort angekommen, griffen seine Hände sogleich weit nach vorne und versuchten, zu erhaschen, was sie kriegen konnten, während er seinen Oberkörper so weit wie möglich über die Ladefläche des Wagens beugte. Er hatte es auf die Sandsäcke abgesehen, von denen er einen in der Hektik auf dem Wagen verschüttete, aber einen zweiten zu fassen kriegte. Erschrocken war der Händler zur Seite gewichen, um sich selbst vor diesem wild gewordenen Irren, der in einen wahren Wahn geraten war, zu schützen. Es war ein wilder Tumult. In den Reihen dahinter wollten einige die Flucht ergreifen, da ihnen das Geschehen nicht geheuer war. Doch sie wurden von anderen daran gehindert, die wiederum in die entgegengesetzte Richtung nach vorne drängten, da sie diesen Mann in seinem Wahn aufhalten wollten. Schließlich wollte er dem fremden Händler ganz offensichtlich vor ihren Augen dessen Ladung vom Wagen stehlen, ganz so, als wäre es sein gutes Recht. Durch das wilde Durcheinander, bei der sich die anderen Männer gegenseitig aus dem Weg stießen und die Sicht versperrten, sah sich niemand in der Lage, ihn aufzuhalten. So konnte der wild um sich Stoßende ungehindert fortfahren. Dem Ziel seiner Begierde endlich habhaft geworden, umgriff der Mann den Sack so fest er konnte mit der linken

Hand und versuchte, mit der anderen Hand so viel des auf der Ladefläche verschütteten Sandes in seiner geballten Faust aufzusammeln, wie er nur konnte. Außer Atem und von der Aufregung des Moments und seines siegreichen Unterfangens in Ekstase gesteigert, drehte er sich wieder zu der Menge um, sodass er mit dem Rücken zum Wagen stand. Mit einem breiten Grinsen, aber verzweifelten Augen, die die Furcht und Ungläubigkeit in den Gesichtern seiner Kollegen wahrnahmen, hob er den fest umgriffenen Beutel in seiner Hand über seinen Kopf, sodass ihn alle sehen konnten und rief der Menge mit lauter, aber zittriger Stimme zu. »Versteht ihr nicht? Das ist doch nicht irgendein Sand aus der Wüste! Es ist der Sand, der alle unsere Träume wahrmachen kann!«

Gerade so, als wollte er den Beweis für seine These sofort erbringen, blickte er kurz auf seine andere Hand, die zur Faust geballt war und in der sich eine Handvoll Sand befand, die er soeben noch von der Ladefläche des Wagens gescharrt hatte. Mit einer weiten Ausholbewegung setzte er zum Wurf an und verstreute den Sand somit in einem weiten Bogen über der Menschenmenge. Im Angesicht des auf sie zukommenden Sandes hielten sich einige ihre Arme über den Kopf, um ihre Gesichter vor dem, was da auf sie herabrieselte, zu schützen. Andere wiederum waren nicht so schnell. Der Sand flog ihnen in Gesicht und Augen. »Seid Ihr von allen guten Geistern verlassen?«, rief da einer der Ältesten, der damit mäßigend auf den Sand streuenden Gelehrten einwirken wollte. Er stand ebenso zu weit weg von ihm. Ansonsten hätte er ihm den Sandsack schon entrissen, um ihn dem Händler zurückzugeben und das jämmerliche Schauspiel zu beenden.

Doch kaum, dass er es sich versah, hatte dies bereits ein anderer, näherstehender Kollege übernommen. Er riss dem außer Atem geratenen Mann, der gerade noch den Händler bestohlen und den Sand weit in die Luft gestreut hatte, den Sack aus der Hand. Doch ihn dem Fremden wieder zurückzugeben und damit den wilden Tumult zu beenden, war sichtlich nicht sein Ziel. »Er hat recht, meine Freunde!«, sprach er. Der ältere Kollege, der gerade noch zum Ende dieses schaurigen Schauspiels aufrufen wollte, konnte seinen Augen und Ohren nicht trauen. Wie es schien, hatte sich ein weiterer Kollege dem kriminellen Verhalten des außer sich geratenen Wilden angeschlossen und wollte nun ebenso seinen Anteil vom Sand haben. »Wenn es wahr ist, können wir alles erträumen, was wir nur wollen.«, sprach er zu der Menge. »Wisst ihr, was das bedeutet? Die Antworten auf die Geheimnisse des gesamten Universums liegen uns zu Füßen, meine Freunde! Wir brauchen nur an etwas zu denken; eine Frage, deren Antwort wir begehren oder selbst an ein Ereignis, das in der Zukunft liegt und alle Antworten werden uns im Schlafe zuteil! Keine langen Forschungen, mehr, kein Grübeln und kein Rätseln. Die Antwort auf alle unsere Fragen liegt uns direkt zu Füßen. Macht doch die Augen auf!«

Mit diesem Satz tat er es seinem Kollegen gleich, nahm eine Handvoll Sand aus dem Sack, den er in der Hand hielt und verstreute sie in hohem Bogen auf die Menschen um sich herum. So erging ein zweites Mal ein Regen aus Sand auf die Menge hernieder. Dem Älteren, der gerade noch gehofft hatte, die Katastrophe, die sich da vor ihm anbahnte, schnell beenden zu können, stockte der Atem bei dem, was sich da vor ihm abspielte. Während er den Ereignissen noch starr vor Schreck zusah, stürmten immer mehr der Männer zum Wagen, um es ihren übermütigen Kollegen gleichzutun. In einem blinden Wahn, wie er nur im Druck einer Gruppe entstehen kann, bahnten sie sich ihren Weg zu dem Gefährt, vorbei an den Dromedaren, teils über die Körper einiger ihrer Kollegen, die in dem Aufruhr zu Boden gestolpert waren und fassten sich Sand von der Ladefläche, um ihn an sich zu nehmen. Der Händler, von dem zu erwarten gewesen wäre, dass er dem Ganzen Einhalt gebieten würde, jedoch schwieg. Er saß auf seiner Sitzbank, die aus mehreren übereinander gelegten Fellen bestand. Von seiner erhöhten Position aus betrachtete er die Szene, die sich vor seinen Augen abspielte, mit einer eisernen Ruhe, dass es jeden Beobachter, der zugegen wäre, wundern musste. Da bedienten sich die Männer, die gerade noch fasziniert und ruhig seiner Geschichte gelauscht hatten, nun rücksichtslos an seiner Ladung. Sack für Sack trugen sie hinfort und trachteten danach, ihre frisch gestohlene Beute für sich zu beschlagnahmen und in Sicherheit zu bringen. Und dieser Mann, der da vor aller Augen bestohlen wurde und der Tausende von Meilen gereist war, um seine Ware an den Mann zu bringen, saß da ruhig wie ein Stein, strich sich durch den Bart, genauso wie nur kurze Zeit zuvor, als würde er noch immer überlegen, ob er ihnen die Frage, die einer der Gelehrten ihm gestellt hatte, beantworten sollte oder nicht. Er schien nicht gerade erfreut über das zu sein, was sich die Männer herausnahmen, die sich am Sand bedienten, als wäre er ihr eigener. Aber er schien davon auch nicht allzu berührt zu sein. Die Untätigkeit des Händlers ermutigte noch mehr der Männer, die sich zuvor nicht getraut hatten, nun zum Wagen zu laufen, um noch einige der Säcke zu erhaschen, bevor alles weggetragen sein würde. Einige von ihnen kletterten nun sogar auf die Seitenwände des Wagens hinter dem Fremden. Die

Dynamik der Gruppe ließ Ungerechtes als Recht erscheinen und so hatten sie keine Scheu mehr, auch die Decken, die über Teilen der Ladung lagen, wegzureißen, um so endlich auch an diesen Teil der Waren zu gelangen. Sack für Sack schleppten die Männer weg.

Einige von ihnen verstreuten den Sand einfach in der Luft, andere wiederum trugen ihn in den Säcken weg, um sich ein Stück entfernt vom Wagen auf den Boden zu setzen und sich dort für sich in aller Ruhe gut zu überlegen, was sie nun damit machen würden. Einer rief da: »Ich will meine Zukunft sehen!« Ein anderer wiederum murmelte vor sich hin, er möge die Antwort auf den Sinn des Lebens erfahren, während er sich hastig den Traumsand in die Augen streute. Wieder andere fragten nach dem Abbild Gottes, der Entstehung der Welt oder wollten erfahren, was die Tiere dachten oder wie es Vögel schafften, mit solcher Leichtigkeit in der Luft zu bleiben. Einer erdreistete sich sogar so weit, wenn auch nur leise, zu fragen, wie es möglich wäre, den König zu stürzen, der über das Reich herrschte, um dann selbst an dessen Stelle die Macht des Herrschers für sich zu beanspruchen. Jeder tat dabei das, was er zuvor in der Erzählung gehört hatte. Sie sagten sich vor, was sie wissen wollten und streuten sich dann den Sand, der vor ihnen im Sack lag, in die eigenen Augen.

Und tatsächlich ließ die Wirkung des Sandes nicht lange auf sich warten. Gerade diejenigen, die als Erstes Sand in die Augen bekommen hatten, als der Mann am Wagen ihn über ihren überraschten Köpfen in der Luft verstreute, lagen bereits ruhig am Boden und begaben sich nach und nach in einen friedlichen Schlaf. Die Älteren, die es nicht gewagt hatten, den Wagen zu berühren, sondern die dem ganzen Treiben gerne Einhalt geboten hätten, konnten nicht fassen, was sie beobachteten. »Ist es wahr?«, fragte sich da einer erstaunt. Doch ehe er sich mit seinen Kollegen beraten konnte, die neben ihm mehr wankten, als standen, bemerkte er, wie auch ihm die Augenlider schwerer wurden und er langsam in die Knie sackte, sich dann mit der Hand am Boden abstützte, um schließlich auf den Pflastersteinen in eine liegende Position zu gelangen. Ob seine weisen Mitgelehrten es wollten oder nicht, sie konnten nicht anders, als es ihm gleichzutun. Ihre Körper wurden schwerer und so bewegten diese sich der Erde zu, um immer ruhiger zu werden. Beim Blick über den gesamten Platz waren mittlerweile überall ganz ähnliche Szenen zu entdecken. Hie und da bewegten sich noch Körper, die sich mitten auf den Pflastersteinen einen Ort zum Schlafen suchten und schließlich eine angenehme Position für die Ruhe einnahmen. So hektisch und laut es gerade noch war, so ruhig wurde es nun auf dem Platz. Überall fanden sich Schlafende auf den Stufen um den Brunnen, auf den Pflastersteinen und unter den Laternen. Sie machten nun keinen Lärm mehr, sondern träumten friedlich vor sich hin. Nur einer schien von dem Schlafsand nichts abbekommen zu haben. Denn er zeigte keinerlei Anzeichen von Müdigkeit. Es war der Händler selbst, der den Traumsand in die Stadt gebracht hatte. Stumm saß er nach wie vor auf seinem Wagen und überblickte den Platz. Dort, wo gerade noch ein wildes Getümmel geherrscht hatte, war nun endlich Ruhe eingekehrt, wie es für diese späte Stunde auch sonst gewöhnlich war in der Stadt. Nur dass viele der Menschen eben nicht in ihren Häusern schliefen, sondern mitten am Hauptplatz unter freiem Himmel lagen. Ob Handwerker, Bäcker, Magd oder Gelehrter; zig ermattete Körper lagen rund um den Brunnen in den unterschiedlichsten Positionen und schienen einen erholsamen Schlaf zu genießen. Nur noch der Mond erhellte schließlich den Platz, als die Laternen ringsum nach und nach erloschen und tauchte ihn in ein bläuliches Licht. Wenn noch jemand wach gewesen wäre zu jener Stunde an jenem Ort, hätte er sogar den Abendstern am Himmel finden können. Hell leuchtete er am Nachthimmel als zweithellste Lichtquelle neben dem Mond. Stille erfüllte nun die Stadt und niemand hätte sagen können, ob wenigstens die Wachen an den Toren zur Stadt noch ihre wichtige Tätigkeit versahen oder der Wind bereits einige Körner des Sandes auch zu ihnen getragen hatte, sodass sie in ihren Wachkammern und hinter den Zinnen der Stadtmauer ebenfalls schon friedlich dem Schlaf verfallen waren. Einzig ein leises Geräusch erfüllte die Gassen der Stadt. Sonst war nichts zu hören. Es waren die Hufe von zwei Dromedaren und die Räder eines alten Wagens, der von ihnen gezogen wurde und sich langsam vom Zentrum der Stadt wegbewegte.

Lange lag die Stadt so ruhig da und man könnte meinen, selbst der König müsste nun schließlich zu seinem lang ersehnten Schlaf gekommen sein bei dieser Stille, die sich über sein Land gelegt hatte. Doch irgendwann sieht jede Zeit ihrem Wandel entgegen und so zeichnete sich auch das Morgengrauen bald in der Ferne ab. Bis die Sonne am Horizont aufging, sollte es noch eine Weile dauern, doch war erkennbar, dass sich die Nacht schon bereit zeigte, dem Tag zu weichen. Kaum merklich, aber doch wurde es heller in der Stadt und bald begannen auch die Vögel, die schon früh auf sind zu dieser Jahreszeit, ihr Lied zu singen, um sich gegenseitig zu begrüßen und daran zu erinnern, dass sie einen neuen Tag erleben dürfen. Zuerst geschah nicht viel, doch nach und nach kehrten auch wieder Spuren des Lebens auf den großen Platz im Zentrum der Stadt zurück. Da oder dort drehte sich ein müder Körper von der einen auf die andere Seite oder es war ein leises Gähnen zu vernehmen. Gemächlich, aber beständig füllten sich die Glieder der Menschen wieder mit Leben, als sie da kreuz und quer verstreut über den gepflasterten Platz mit seinem alten Steinbrunnen in der Mitte lagen. Die Gelehrten und Weisen, aber auch neugierigen Passanten vom Handwerker bis zum Lehrer und der Magd, die da zu einem unverhofften Schlaf gekommen waren, erwachten einer nach dem anderen wieder. So erhoben sie sich nach und nach von ihrer liegenden Position und nicht jeder realisierte gleich, wo er sich befand, geschweige denn, was eigentlich geschehen war. Zu ungewöhnlich wirkte das Bild, sich nach dem Schlafe plötzlich am Hauptplatz der Stadt neben unzähligen anderen Bewohnerinnen und Bewohnern wiederzufinden; gar nicht zu sprechen von den vielen langbärtigen Weisen, die aus dem ganzen Land hierhergekommen waren und mit ihren langen Roben zusätzlich für einen einprägsamen Anblick sorgten. Auch die Ältesten, die nicht einverstanden damit gewesen waren, dem Händler den Sand zu entreißen und diesen einfach ohne jegliche Kenntnis seiner Wirkung zu nutzen, erwachten zunehmend aus ihrem unfreiwilligen Schlafe. Da fand sich einer in der Mitte des Platzes, stützte sich an der Außenmauer des Brunnens, um wieder hoch zu kommen und griff sich an den Kopf, da sich langsam Stück für Stück seiner Gedanken wieder zusammenfügten und er nicht wahrhaben wollte, was geschehen war. Die Geschehnisse der Nacht widersprachen allem, was er in seiner langen Laufbahn als Gelehrter jemals gelernt und erfahren hatte. »Es ist wahr.«, kam ihm leise über seine Lippen, womit er sich seine eigene Frage von zuvor selbst beantwortete. Denn nicht nur konnte er vor sich mit eigenen Augen sehen, dass die Wirkung kleiner Sandkörner eine ganze Stadt zur Ruhe gebracht und in die Welt der Träume versetzt hatte. Er hatte es auch am eigenen Leib erfahren. Nun konnte er mit Bestimmtheit sagen, dass dies kein herkömmlicher Sand war und dieser seine Wirkung nicht verfehlte. Was er in der Erzählung des Händlers gehört hatte, war wahrlich keine Übertreibung. Denn selbst der alte Gelehrte, dem seine vielen Jahre als angesehener Weiser seines Ortes zutiefst untersagten, an so etwas wie Magie zu glauben, konnte nicht umhin, die Behauptungen des Fremden auf die Probe zu stellen. So erinnerte er sich, dass in dem Moment, als Körner des Sandes auf sein Gesicht und in seine Augen trafen, er nicht umhinkonnte, seine Gedanken auf eine ganz bestimmte Frage zu lenken. Schon sein halbes Leben lang hatte den Gelehrten die Frage umgetrieben, ob die Erde, auf der er lebte, der Mittelpunkt des Universums war. Sein halbes Leben lang vertrat er diese Meinung auch. Denn wie sonst könnte etwas, das so gewaltigen Reichtum an Leben hervorbrachte und das der Ort war, wo sich alle Aspekte seines Lebens und die aller anderen Menschen abspielten und sich selbst die Sonne darum drehte, nicht das Zentrum des Universums sein? Niemals konnte er eine andere Erklärung dafür finden. Alle Indizien, die er in seinen Forschungen fand, untermauerten seine Meinung nur noch mehr. Doch hat's so eine Besonderheit mit den Dingen, auf die wir Menschen unsere Gedanken richten, dass es uns auch immer gelingt, auf die Antworten zu treffen, die wir finden wollen. Denn insgeheim wünschen wir uns, sie zu finden und können nur schwer akzeptieren, unser bisheriges Weltbild neu zu ordnen und eine neue Wahrheit anzunehmen. So war es auch dem Gelehrten viele Jahrzehnte lang ergangen. Immer hatte er nach Beweisen gesucht, die untermauerten, dass die Erde das Zentrum des Universums war. Und immer hatte er daher auch scheinbare Beweise dafür gefunden, die dafürsprachen und ihn somit immer mehr und mehr darin bestärkten, dass er im Recht war. Warum sollte er daher auch von dieser Wahrheit abrücken, zumal er seine Thesen bei jedem, der es wissen wollte, kundtat und niemand es wagte, den wortgewandten und erfahrenen Weisen infrage zu stellen? Doch der Traum, der ihm diese Nacht geschenkt wurde, hat ihm eine andere Wahrheit aufgezeigt und schien damit eine direkte Antwort auf die Frage anzubieten, die ihm noch durch den Kopf huschte, bevor auch seine Augen sich wie die der anderen Stadtbewohner und Gelehrten am Hauptplatz schlossen, ehe sie allesamt in tiefen Schlaf verfallen waren. Der Traum hatte ihm einen sprichwörtlich anderen Blick auf die Welt gezeigt. So erfuhr er, dass die Welt, auf der er und die anderen Menschen lebten, nicht die einzige im Universum war. Ihm war, als ob er im Traum eine Außensicht auf alles Leben einnehmen durfte und damit auch sich selbst und alles, was er kannte, aus einer neuen Sicht betrachten durfte. Sein Traum ließ ihn erkennen, dass er immer sehr angestrengt nach Antworten gesucht hatte, die er hören wollte. Doch nie hatte er sich ernsthaft darauf eingelassen, auch eine andere Ansicht auf die Dinge zuzulassen, die ihm nicht gefiel, weil sie sein Weltbild, das ihm schließlich Sicherheit und Bedeutung verlieh, in Bedrohung bringen könnte. Nun ahnte er aber, es gab noch viele andere Welten da draußen und er müsste all die Ergebnisse seiner jahrelangen Forschungen über Bord werfen und gänzlich neu beginnen. In seinem Traum schien sich die Sonne nicht um die Erde zu drehen, sondern genau andersherum. Und auch die Sonne wiederum war nicht das Zentrum des Universums, sondern ein solches schien gar nicht wirklich zu existieren. In seinem Traum, in dem er sich wie ein Engel fühlte, der durch das Weltenall schwebte, schien es fast so, als bestünde dieses vielmehr aus sehr vielen Zentren, die in einer unendlichen Vielzahl existierten und jedes für sich Bedeutung hatte. Seine Welt, auf der er sein ganzes Leben verbracht hatte, erschien vor diesem Anblick auf einmal so klein und bedeutungslos, auf der anderen Seite aber dennoch so kostbar und wertvoll. Denn immerhin hatte sie über Jahrmillionen eben all jene Bedingungen geschaffen, damit er nun hier und heute in eben diesem Moment sein Selbst entwickeln und spüren und auch ebendiesen Gedanken fassen konnte. Selbst der sonderbare Traum, der ihn dazu veranlasst hatte, schien Bestandteil dieses gewaltigen Prozesses zu sein. Dies alles warf wiederum neue Fragen in dem Mann auf, die nach neuen Antworten verlangten.

Doch just in diesem Moment, als er diesen nachsinnen wollte, schien sich sein Kopf vor Schwindel zu drehen. Die Übermacht dieser neuen Einblicke und Eindrücke ließ ihn auf die Steinstufen am Rande des Brunnens sacken. Da erst rückte ihm wieder ins Bewusstsein, wo er sich eigentlich befand. Aus den Tiefen des Universums war er nun wieder auf den Stadtplatz zurückgeworfen. In diesem Moment richtete sich neben ihm einer seiner Gelehrtenkollegen auf und kam neben ihm zu sitzen. Da konnte der Älteste nicht anders, als ihm umgehend von den Erkenntnissen seines Traums zu schildern. Er redete einfach darauf los und erklärte, was er in der Traumwelt vor seinem geistigen Auge gesehen und erkannt hatte. Seine Worte überschlugen sich beim Erzählen. Allzu weit kam er mit seiner Geschichte jedoch nicht. Denn sein Kollege hatte in dieser Nacht eine ganz ähnliche Erfahrung gemacht und wollte seinerseits kundtun, was ihm nun offensichtlich war.

Dieser hatte nach dem Leben in der Zukunft gefragt und hatte Dinge gesehen, die ihm beinahe seinen Verstand geraubt hatten, so fantastisch muteten ihm diese an. Er fiel daher seinem Kollegen mehrmals ins Wort, denn beide wollten sie sich zeitgleich von ihren Träumen erzählen. Da wurden sie aber jäh von einem Dritten unterbrochen. Drüben, einige Meter von ihnen entfernt, stand einer, der die Arme hoch zum Himmel streckte und mit einem lauten Schrei alle übertönte. »Ich habe das Antlitz Gottes gesehen! Er hat sich mir offenbart!« Wieder ein anderer fiel ein: »Mir war, als hätte ich vom Anbeginn der Zeit geträumt!« Es schien, als hätte jeder, der in jener Nacht mit dem geheimnisvollen Sand in Berührung gekommen war, einen intensiven und sonderbaren Traum gehabt, der ihm stark in Erinnerung geblieben war, da er genau die Antworten und

Informationen auf das lieferte, woran sie vor dem Einschlafen noch gedacht hatten. Während die Ältesten noch immer nicht glauben konnten, was hier geschehen war und selbst den Eindruck hatten, sie träumten noch und würden jeden Moment aufwachen, um dann festzustellen, dass nichts davon real gewesen war, erkannten einige der Jüngeren langsam aber sicher, welchen Schatz sie hier in Händen hielten. Dieser magische Sand würde all die Antworten auf die Fragen des Universums geben können. Sie bräuchten nur an etwas zu denken und im Schlaf würde es ihnen gegeben. Noch immer wachten nach und nach Menschen auf und mehr und mehr wurden ihre Berichte fantastischer. So manch einer erklärte, im Traum mit längst Verstorbenen aus seiner Familie gesprochen zu haben. Ein anderer wiederum kündigte an, dass ihm im Traum ein Zeichen erschienen war, dass er bald Vater werde und seine Frau bereits ein Kind unter ihrem Herzen tragen würde. Eine Frau berichtete, sie wolle keine Köchin mehr am Königshof sein, denn im Traum wurde ihr offenbart, dass es ihre Bestimmung war, als Heilerin durch die Welt zu ziehen; eine Gabe, die sie schon lange in sich spürte. Es schien keine Grenzen mehr zu geben, was die Botschaften anging, die den Menschen im Traum übermittelt wurden. Jeder und jede erhielt die für sich passende Antwort auf die Fragen, nach denen sie suchten. Als würden sie eine nie enden wollende Quelle des Wissens und der Weisheit anzapfen, die nie zu versiegen drohte. Alles, was sie dazu tun mussten, war an etwas zu denken, sich dann den Sand in die Augen zu streuen und anschließend ihre Gedanken einfach ruhen zu lassen. Anstatt ihre Gedanken wie sonst so unentwegt und rastlos um ein Thema kreisen zu lassen, um auf die Antworten zu stoßen, die sie sich wünschten, vertrauten sie einfach der höheren Macht, die da war und die ihnen alles bereitwillig gab, wenn sie nur losließen. Sobald sie in den Schlaf verfielen, wurde ihnen dann verlässlich alles zuteil, wonach sie begehrten.

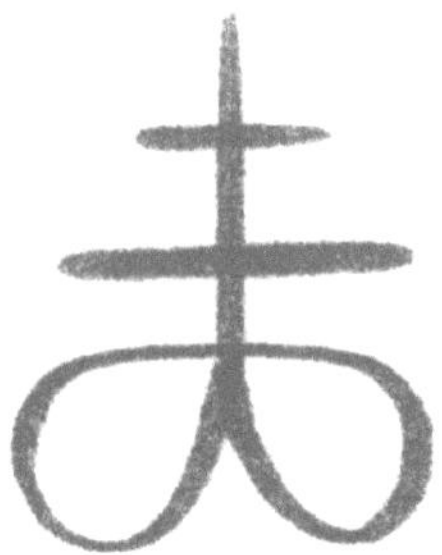

Da immer mehr von ihnen, die die Nacht am Hauptplatz verbracht hatten, nun klar wurde, wie viel Macht in diesem Sand steckte, machte sich der eine oder der andere wieder auf, um sich die Sandsäcke für sich zu sichern, die noch übriggeblieben waren. Wild lagen diese über den Platz verstreut, gerade dort, wo sie den Träumenden aus der Hand gerutscht waren, als sie zu Boden sackten und ihre Augen sich schlossen. Einige begannen nun sogar, den Sand, der schon verschüttet war und seien es nur einige winzige Häufchen von Sandkörnern, mit bloßen Händen zu einem Haufen zusammenzukehren, um ihn sich dann in die Taschen stecken zu können. Andere wiederum hatten so viele Fragen, dass sie sich sofort daran machten, sich wieder Sandkörner in die Augen zu streuen, um erneut einzuschlafen und neue Antworten zu erhalten. »Haben wir also den Stein der Weisen gefunden?«, fragte mit leiser Stimme und voller Erstaunen einer der Ältesten seine ebenso apathisch und ungläubig wirkenden Kollegen in hohem Alter. Diese wussten jedoch zunächst keine richtige Antwort darauf zu geben. Zu fantastisch erschien ihnen das alles. Nach einigen Momenten der Stille entgegnete einer von ihnen. »Es sieht wohl eher danach aus, er hat uns gefunden.«

Noch immer geschah es, dass auf dem Platz vor ihnen Menschen zu sich kamen, die gerade aus dem Schlaf erwacht waren und von den wundersamsten Träumen berichteten. Sie schienen so viele Antworten auf die Fragen des Universums bereitzuhaben, dass diese gar nicht ausreichend schnell geprüft und verarbeitet werden hätten können. Die Gelehrten, die bereits länger wach waren, hörten den Erwachenden neugierig zu und versuchten, all die Informationen einzuordnen. Es schien, als könnten mit diesem Schlafsand alle Geheimnisse der Welt gelüftet werden. Nun bräuchte es keine langwierigen und gefährlichen Forschungsreisen mehr, keine tagelangen Experimente in der Alchemistenkammer und auch keine Mutmaßungen und langen Diskussionen darüber, ob die eine oder die andere Meinung oder waghalsige Theorie der Wahrheit näher lag. Alles, was es brauchte, war dieser Sand und diejenigen, die das Träumen bereits erlebt hatten, schienen geradezu verrückt nach diesem Stoff zu sein, der das Wissen der Welt in sich trug. Wie wild strichen sie über den Platz, um noch etwas von dem Sand zu erhaschen, der ihnen die Träume verschaffte. Manchmal rauften sie sogar um einen Sack Sand, wenn sie diesen gleichzeitig entdeckten. Einige der Gelehrten erkannten nun bereits die Gefahr, dass der kostbare Sand bald zur Neige gehen könnte, wenn er weiterhin so bedenkenlos gebraucht wurde. Sie plädierten dafür, ihn aufzusparen und zunächst abzuwägen, für welche Antworten er wirklich verwendet werden sollte. Eine kleine Gruppe dieser Gelehrten machte sich gemeinsam auf, möglichst viel von dem Sand an sich zu bringen. Gemeinsam gingen sie geschlossen über den Platz durch das Getümmel und sammelten noch so viele der Sandsäcke ein, wie sie an sich nehmen konnten. Wenn es sich machen ließ, nahmen sie auch so manch Schlaftrunkenem noch den Sandbeutel ab, den dieser in seiner Hand hielt, ehe er verstand, was geschah. Als sie der Ansicht waren, nicht mehr von dem Sand tragen zu können und es auch nicht danach aussah, dass noch größere Mengen davon am Platz zu finden waren, begaben sie sich wieder ins Zentrum des Platzes zu den drei Ältesten, die da standen und legten ihnen die Säcke mit dem kostbaren Sand zu Füßen. Einige andere Gelehrte hatten dies beobachtet und stießen schließlich zu der Gruppe. Nach und nach versammelten sich alle Weisen wieder in der Mitte des Platzes, sodass sich dort eine Menschengruppe voll langbärtiger alter Männer bildete.

Nachdenklich betrachteten die Ältesten die Sandsäcke vor ihren Füßen einige Zeit lang. Bis einer schließlich das Wort übernahm und zu der versammelten Gruppe meinte, es wäre nun an der Zeit, zu beraten, was mit dem Sand geschehen sollte. Er versuchte, ihnen klarzumachen, dass der Sand zu kostbar wäre, um ihn einfach für die Beantwortung persönlicher Anliegen Einzelner zu verwenden. Mit bedächtigem Nicken stimmten dem einige aus der Runde still zu. Der Sand könnte genutzt werden, um der Menschheit zu helfen, einen bedeutenden Schritt in der Entwicklung zu machen und viele Probleme zu lösen, unter denen die Menschen litten. Auch dem konnten einige der Gelehrten zustimmen. Ein leises Gemurmel ging durch die Runde, als die alten Männer sich untereinander ihre Gedanken zum Sand wissen ließen. Da räusperte sich einer aus der zweiten Reihe und meinte, »aber was soll dann aus uns werden?« Ob der eigenartigen Frage drehten sich einige der Gelehrten zu ihm um und blickten den Fragesteller direkt an. Sie wollten sich denjenigen ansehen, der sich einen solch eigenwilligen Einwurf erlaubte. Der Älteste blickte argwöhnisch, forderte den jüngeren Kollegen aber auf, seine Aussage näher zu erläutern. Dieser wirkte nun sehr verlegen aufgrund der großen Aufmerksamkeit, die ihm plötzlich zuteilwurde und schien zu überdenken, ob er denn wirklich kundtun sollte, was ihm durch den Kopf gegangen war.

»Nun.«, fand er schließlich wieder seine Stimme. »In der letzten Nacht konnten wir alle selbst erfahren, welche Macht dieser Sand in sich trägt und welcher Schatz in ihm steckt. Unsere kühnsten Sehnsüchte und Wünsche wurden uns im Schlafe klar vor Augen geführt. Doch es ward nicht nur ihr, verehrte Kollegen, denen Einblicke in eine andere Welt mit Leichtigkeit zuteilwurden, wie es ansonsten nur ein Orakel vermag. Heute Morgen sah ich auch Bauern und einfache Dorfbewohner, die genauso wie ihr vermochten, von den sagenhaftesten Begebenheiten zu berichten, die sie im Traum erfahren hatten. Sie konnten Antworten auf komplexe Fragen geben, was bislang nur der Wissenschaft vorbehalten war. So frage ich euch, welche Bedeutung wird einer von uns Gelehrten noch haben, wenn jeder die Quelle allen Wissens einfach anzapfen kann?« Da ging ein Raunen durch die Gruppe, das von Verunsicherung zeugte. Hatte der junge Kollege mit seinem Einwand womöglich recht? Tatsächlich war es am Morgen den einfachen Bewohnern der Stadt dank der Botschaften in ihren Träumen ebenso leicht und ohne Aufwand gelungen, selbst komplexe Rätsel spielend leicht zu ergründen und sogar einiges zu wissenschaftlichen Themen zu sagen. Das mussten die Gelehrten zugeben, wenn sie so darüber nachdachten, was sich noch vor Kurzem auf dem großen Platz abgespielt hatte und noch immer nicht zu einem Ende gekommen war. Ein weiterer, nun sehr verängstigt wirkender Kollege aus der Menge meldete sich. »Ich denke, unser Kollege hat hier einen Punkt vorgebracht, den wir nicht ignorieren sollten. Wenn jeder über das Wissen der Welt verfügen kann, das bisher nicht einmal uns Vertretern der Wissenschaft in dieser Form zugänglich war, dann droht unser Berufsstand in der Bedeutungslosigkeit zu versinken!«, klagte er mahnend an. »Das Ansehen, welches wir genießen, wird mit einem Mal dahin sein.« Voller Furcht zeigte er mit einem Finger auf die Säcke, die da am Boden in der Mitte der Männer zu den Füßen der Ältesten standen, als handele es sich um eine giftige Schlange. »Glaubt mir, Freunde, dieser Sand ist unser Fluch, nicht unser Segen!« Wieder machten verängstigte Mienen die Runde in der kleinen Gruppe. Selbst die Ältesten schienen sich nun nicht mehr so sicher zu sein, was mit dem Sand anzufangen war.

Da lagen sie nun, alle Antworten des Universums zu Füßen der Gelehrten; und jeder von ihnen wusste, welche Macht in ihnen schlummerte. Doch geriet diese Macht in falsche Hände, so war sie auch in der Lage, die Stellung der Gelehrten für immer zu zerstören. Nachdenklich fasste sich der Älteste ans Kinn. Lange betrachtete er die Säcke voll Sand vor sich auf dem Boden. Beinahe meinte man, seinem Gesichtsausdruck entnehmen zu können, dass auch er sich nun wünschte, der Händler hätte diesen Sand niemals in ihre Stadt gebracht. Während sich die Gruppe der Gelehrten immer enger um die Sandsäcke drängte und die Anspannung in dieser Runde kaum mehr auszuhalten war, bemerkten sie kaum, was rund um ihren elitären Kreis mitten am Hauptplatz vor sich ging. Sie besprachen untereinander, wie mit dem Sand vorzugehen wäre. Zwei aus der ersten Reihe rund um die Sandsäcke plädierten nun lautstark dafür, am klügsten wäre es, den Sand einfach in den Brunnen hinter ihnen zu werfen, sodass der Spuk ein baldiges Ende hätte. Dann gäbe es zwar keine Antworten mehr, aber es würden sich auch keine Fragen in dieser Sache mehr stellen. Voller Verunsicherung schien einer von ihnen beinahe dabei, gleich selbst tätig zu werden und einen der Säcke am Boden ergreifen zu wollen. Sogleich spürte er da jedoch die entschlossene Hand eines Ältesten auf seiner Brust, die ihn wie eine Schranke abhielt und sein Vorhaben unterbrach. »Schließe niemals eine Türe, die du wieder öffnen willst.«, sprach ihn dieser in scharfem Ton an, während er insgeheim selbst noch unsicher war, wie mit dem Traumsand tatsächlich zu verfahren war.

Dann blickte er auf, als jemand aus einer der hinteren Reihen sich hervortat und meinte, es müssten in jedem Fall Regeln dafür aufgestellt werden, wer den Sand verwenden durfte und wofür. Einer seiner Nachbarn fügte noch hinzu, dass der Sand in jedem Fall im Besitz der Gelehrten bleiben müsse. Doch die Meinungen gingen weit auseinander. Noch einige weitere fürchteten um ihre begüterte Stellung als Gelehrte ihrer Orte, aus denen sie kamen und bekannten sich ebenfalls dazu, den Sand so bald wie möglich vernichten zu lassen, sodass niemand mehr Nutzen davon ziehen könne. Ihre Furcht ging dabei nicht nur dahin gehend, dass nun auch einfache Bewohner ohne jegliche alchemistische Ausbildung oder Forschungsstudium Zugang zur Quelle des Wissens hätten. Vielmehr dachten einige Gelehrte auch daran, von ihren eigenen Kollegen ausgebootet werden zu können, sollten diese sich schneller Zugriff auf den Sand verschaffen können als sie selbst, womit sie dann selbst das Nachsehen hätten. Dem Gedanken, es könnten Regeln aufgestellt werden, an die sich dann auch jeder halten würde, wollte hingegen keiner so recht trauen. Lieber wollten sie den Sand und damit all das Wissen, zu dem er Schlüssel war, am Boden dieses Brunnens versunken sehen, als dass irgendein anderer ihre Position gefährden konnte, die sie sich schließlich über viele Jahre hart erarbeitet hatten. Die Debatten, die in der Runde in mehreren kleinen Gruppen stattfanden, wurden wieder hitziger und lauter. Niemand wusste so recht, was die beste Lösung war, aber dennoch versuchte jeder, die Umstehenden von seiner eigenen Ansicht so gut es ging zu überzeugen.

Die Weisen waren so sehr in ihre Unterredung vertieft, dass sie gar nicht mitbekommen hatten, wie sie mittlerweile nicht mehr ganz unter sich waren. Denn inzwischen hatten sich auch einige der Stadtbewohner unter die gelehrige Gruppe gemischt, die ihre Schlaftrunkenheit nun hinter sich gelassen hatten und wieder bei klarem Verstand waren. Sie hatten beobachtet, wie die Gelehrten vorhin allen Sand vom Platz zusammengetragen und an sich gerafft hatten. Da sie jedoch selbst erlebt hatten, welche Kräfte in dem Sand steckten, wollten sie nun auch ein Wort mitzureden haben, was mit dem Sand zu geschehen hatte. Dabei waren die Stadtbewohner allerdings weniger zerworfen und nicht so unsicher wie es die Gelehrten waren, sondern im Gegenteil wild entschlossen, die Sandsäcke, die noch übrig waren und die nun zwischen der Gruppe an Weisen am Boden standen, rasch in ihren Besitz zu bringen, bevor die Machtverhältnisse für immer besiegelt sein würden und damit blieben, wie sie immer schon waren. Einige von ihnen sahen die Möglichkeit, den Einfluss, den die Ältesten hatten, endlich zu beschneiden und sich selbst diesen erhabenen Platz zu geben. Andere wiederum waren rein getrieben von der Wissbegierde und dem Wunsch, noch so viele persönliche Fragen beantwortet zu wissen.

Doch ganz unerheblich, welche Motivation hinter dem jeweiligen Ansinnen auch stand, waren sie alle mehr und mehr dabei, ins Zentrum der Gelehrtengruppe vorzustoßen. Von allen Seiten her kommend drängten sie sich nach und nach durch die Altehrwürdigen, die Säcke des Schlafsandes immer fest im

Blick. Dabei war dies jedoch keine Gruppe, die einheitlich agierte, sondern jeder wusste, dass er schnell genug ganz vorne ankommen musste, um noch etwas vom Sand bekommen zu können, bevor es die anderen taten. Dabei gingen einige nicht gerade zimperlich mit jenen vor, die ihnen dabei im Wege standen. So begann es in den hinteren Reihen und setzte sich immer mehr nach vorne fort, dass unter den Gelehrten zunehmend Unruhe ausbrach. Hie und da war ein schmerzvoller Schrei hörbar, dann wieder empörtes Stöhnen. Schließlich wurde einigen der Weisen klar, dass ihre Reihen bereits durchbrochen waren. Sie riefen nach Leibeskräften, um ihre Kollegen weiter vorne zu warnen. »Schützt den Sand! Sie wollen den Sand! Bringt ihn in Sicherheit. Sie kommen! Sie wollen ihn holen!« Vorne bei den Ältesten war noch nicht klar zu erkennen, was genau weiter hinten für die Unruhe sorgte. Doch die Warnungen der anderen entzündeten auch bei den Ältesten Panik. Die Rufe hinten wurden immer lauter und dazwischen waren auch immer die Stimmen der Stadtbewohner zu vernehmen, die den Sand nun einforderten, während sie sich nach vorne kämpften. Durch das Drängen der Menschen in den hinteren Reihen rückte auch das Zentrum um die Ältesten in Panik zusammen. Ihrem Instinkt folgend nahmen einige von ihnen mehrere der Säcke vom Boden und umklammerten diese wie ein neu geborenes Kind, das es zu schützen galt. Die Angst war ihren aller Augen klar zu entnehmen. Jeder blickte panisch um sich in der Hoffnung, irgendjemand wüsste, was zu tun war.

Währenddessen wurde das Gedränge hinter ihnen immer lauter. Die Schreie derer, die hinweggedrängt wurden, schmerzvoller, denn einige stellten sich den Eindringlingen jetzt bewusst in den Weg, um ihnen diesen zu versperren und sie am Vorankommen zu hindern. Doch auch die Stimmen der Letzteren waren immer lauter und damit immer näher zu vernehmen. Der Druck von hinten auch im Zentrum der Menschengruppe immer stärker spürbar. Mehr und mehr wurden die Männer zusammengedrängt und rieben sich bereits Schulter an Schulter. Es schien nur eine Frage der Zeit, bis die Stadtbewohner vorne bei den Ältesten angekommen waren und diesen die Säcke mit dem Traumsand einfach entreißen würden. Was hätten die alten Männer ihnen schon entgegenzusetzen? Mit verzweifeltem Blick in das Getümmel der hinteren Reihen sprach einer der Ältesten plötzlich doch und traf damit eine Entscheidung. »Tut es.« Ohne näher zu beschreiben, was er damit genau meinte, wussten die Umstehenden, die die Sandsäcke an ihre Brust gepresst hatten und den Stoff der Sandsäcke krampfhaft umklammerten, dennoch, was von ihnen erwartet wurde. Wie von selbst machten einige andere ihnen Platz, sodass sich ein kleiner offener Gang zwischen den Männern bildete, der zur Mauer des Brunnens hin führte. Ohne groß zu zögern, schritten jene, die die Säcke zwischenzeitlich an sich genommen hatten, dorthin, ihre wertvolle Habe dabei nach wie vor fest umklammert. Zum Teil wurden sie dabei von anderen auch dazu gedrängt. Denn von hinten war bereits ein nicht mehr länger haltbarer Druck zu verspüren, der die Reihen bald brechen lassen würde. Körper an Körper drängten sich die Männer vor zum Brunnen, bis der Erste tat, was kurz zuvor noch niemand für möglich gehalten hätte. Er warf den Sack, den er bei sich hatte, einfach hinunter in den Brunnenschacht. Während er diesem noch wehmütig nachblickte, streute ein weiterer hinter ihm seinen Sand bereits über seine Schulter und warf den Beutel einfach nach. Alles fiel in den Brunnen hinein, der tief genug war, auch in trockenen Sommermonaten noch ausreichend Wasser zu liefern, um die Stadt verlässlich zu versorgen. Die Wasserfläche war von oben nicht zu erblicken, so tief und dunkel war der Brunnen. Wieder und wieder trug sich das Schauspiel erneut zu. Einer nach dem anderen trat zum Brunnenrand und warf einen oder zwei Säcke Sand, die er gerade noch sorgsam vom Boden aufgehoben hatte, vorne über die Brunnenmauer in die Tiefe, um dann gleich dem Nächsten hinter sich Platz zu machen, damit dieser es seinen Vorgängern gleichtun konnte.

Die Angst, das zu verlieren, was sie sich über Jahre erarbeitet hatten, hatte sie völlig blind gemacht für das, was sie hätten haben können und dessen essenziellen Bestandteil sie nun unter großer Kraftanstrengung für immer tief zum Grund des Brunnens schütteten. Derweil taten die anderen Gelehrten ihr Möglichstes, um mit ihren Körpern eine schützende Mauer um diejenigen zu bilden, die anstanden, den Sand und damit ihre Träume in die Tiefe zu schütten. Doch waren auch sie nicht mehr in der Lage dazu. Längst hatten sich einige der Stadtbewohner bereits nach vorn gekämpft. Als sie erkannten, was geschah und was da für immer in der Tiefe der Erde zu verschwinden drohte, wurden sie noch energischer.

Erbittert rissen sie an den Roben der Gelehrten, die sich ihrerseits wiederum losreißen wollten. Andere bemühten sich nach Leibeskräften, die Angreifer zurückzudrängen. Es war ein wildes Schauspiel, wie es das alte Katzenkopfpflaster des Platzes noch nicht erlebt hatten. Immer mehr Bewohner drangen in die Mitte vor und trauten ihren Augen nicht, was die, die sie für weitsichtig und weise hielten, in ihrer Angst vollbrachten. Schließlich waren es nur noch wenige Säcke, die übrig waren und die von mehreren der Gelehrten angehoben und nacheinander in den Brunnen geworfen wurden. Ein alter Schmied, der sich endlich seinen Weg vor bis zur Brunnenmauer bahnen konnte, bekam schließlich einen der letzten Beutel zu fassen und riss an ihm wie an einem Stück Fleisch nach vierzigtägiger Fastenzeit. Laut schnaufend und bereits erschöpft von seinem Kampf durch die Menge gelang es ihm nicht, den Sand ganz an sich zu bringen. Denn auch sein bisheriger Besitzer wollte den Sack nicht loslassen und zerrte energisch daran. Die umstehenden Gelehrten scheuten sich, einzugreifen und den kräftigen Schmied an seinem Vorhaben zu hindern. Vielmehr wurden sie von den beiden wild an dem Sandsack zerrenden Männern hin und her gestoßen. Beinahe drohten die wankenden Streithähne, selbst ins Brunnenloch zu stürzen. Der eine zog zum Brunnen und der andere zog weg davon. Doch dann kam es, wie es kommen musste. In mehreren Zügen entleerten sie den letzten Sandsack schließlich gemeinschaftlich, wenn auch nicht ganz freiwillig, in die Brunnenöffnung. Der Schmied, der sich von dem Sand erhofft hatte, Lösungen für die Schwierigkeiten seines täglichen Handwerks zu erfahren, sah seine Träume nun gen Erdinneres fallen. Denn auch er verstand, dass dies der letzte Sack Sand war, der noch übrig war. Mit wuterfülltem Gesicht blickte er den Gelehrten vor sich an, der schützend seine Hand vor sich hielt und schaute dann wieder ungläubig ins Brunnenloch. In einem Anflug von Übermut kletterte der Schmied sogleich auf die steinerne Umrandung des Brunnens, was für schockierte Gesichter bei den Altvorderen sorgte. Kurz war er versucht, dem Sand in die Tiefe nachzuspringen. Doch der Gelehrte, der sich noch immer halb im Kampfe mit ihm befand und sich soeben von dem Schmied losreißen wollte, merkte, wie sein Griff am Arm des Schmieds nun wieder fester wurde. Instinktiv wollte er diesen davon abhalten, aus der Emotion heraus einen Fehler zu begehen. Ganz so, als wünschte er sich, vor wenigen Momenten dem Griff des Schmieds nachgegeben zu haben, um seinerseits nicht aus der Emotion heraus das Werk zu vollbringen, das nun nicht mehr rückgängig gemacht werden konnte.

Der Schmied gab nach. Auch er begriff, dass er den Sprung in den Brunnen kaum überleben konnte und selbst wenn, sich der Sand mittlerweile bereits unter vielen Metern Wasser in völliger Dunkelheit am Grund des Brunnens befinden musste. So wankte sein Körper wieder zurück und fand sich schließlich enttäuscht und ermattet auf der Brunnenmauer sitzend wieder. Apathisch und sehnsüchtig wollte er seinen Blick nicht von der Brunnenöffnung abwenden. Rund um ihn beruhigte sich das Geschehen wieder. Vom Brunnen aus verbreitete sich die Kunde schnell in die hinteren Reihen, dass der letzte Sandsack nun verloren war und die Raufhandel kamen zum Erliegen. Alle Umstehenden, die sich gerade noch im Kampfe befunden hatten und denen nicht gewahr war, was sie in dieser Hitze des Kampfes eigentlich taten, waren nun im Klaren darüber, dass es besiegelt war und aller Sand durch ihre eigene Hand endgültig ihrem Zugriff genommen war, ohne je sein volles Potenzial nun noch erschöpfen zu können. Der Kampfgeist schränkt die Gedanken ein, um das Ziel zu fokussieren, das errungen werden soll. Doch es ist die dahinter liegende Angst, die erst die Kampfkraft weckt und die uns blind macht für all das Schöne, das dem Kampf geopfert werden muss.

Eine gespenstische Stille hatte sich über den Platz gelegt. Diesmal jedoch war es nicht, weil alle schliefen, sondern weil sie sich wünschten, dass es so wäre. Dann nämlich wäre alles nur ein Traum gewesen und sie hätten noch immer Zugriff auf den Sand. So jedoch mussten sich nun alle eingestehen, dass die vielleicht größte Möglichkeit ihres Lebens Angst und Habgier geopfert wurden. Die Umstehenden, die sich gerade noch im Raufhandel miteinander befanden, hatten das Ende des Schauspiels vorne am Brunnen mit beobachten können. Jeder von ihnen spürte, dass es der Kraftanstrengung nicht mehr wert war, den Weg nach vorne zu erkämpfen. Es würde keinen Sinn mehr ergeben. Das Ziel, das sie soeben noch rücksichtslos verfolgten, war keines mehr und so schwand mit einem Mal auch ihr Kampfeswille. Apathisch und fassungslos starrte die Menge auf die Ältesten in der vordersten Reihe am Brunnen, die dies alles zugelassen hatten. Einige der Stadtbewohner spürten, wie die Wut in ihnen aufstieg, aber wagten sie es nicht, gegen die Ältesten aufzubegehren, zumal sie ahnten, dass jede Chance, die Machtverhältnisse neu zu ordnen, verspielt war.

Den Ältesten vorne an der Brunnenmauer erging es nicht viel anders. Gegenseitig warfen sie sich sorgenvolle Blicke zu, in der Hoffnung, die Situation noch irgendwie drehen zu können, wohl wissend, dass der tiefe Schacht des Brunnens all ihre Hoffnungen bereits sicher verschluckt hatte.

Die Spannung, die die Luft mit jedem Atemzug mehr und mehr durchsetzte, war für die Gelehrten kaum mehr auszuhalten. Sie spürten den Argwohn, der sich in den Stadtbewohnern bereits entwickelte und der sich schnell gegen sie richten könnte. Mehr und mehr drängte es sich auf, die Erlösung herbeizuführen. Doch bislang fand sich niemand verantwortlich oder in der Lage, die richtigen Worte zu finden.

Da tat sich einer der Ältesten hervor und stellte sich einen Schritt vor seine Kollegen. Bedeutsam suchte er auf der Erhöhung der Treppen, die zum Brunnen führten, einen Platz, wo er für die Menschen vor sich gut zu sehen war. Dann räusperte er sich. Langsam und fokussiert, als wollte er sichergehen, dass jeder am Platze ihm sein Gehör schenkte, ließ er seinen Blick über die Menge schweifen. Erst da fiel ihm auf, dass von dem Händler keine Spur mehr zu sehen war, so sehr er auch nach ihm suchte. Doch er wusste, dass er diesem Umstand nicht länger Aufmerksamkeit schenken konnte, so sehr er sich auch gewünscht hätte, die Gedanken der Menge so von sich auf den Händler lenken zu können. Doch dieser war ebenso wenig auf dem Platz auszumachen, wie dessen Kutsche mit den zwei Dromedaren. Er schien wie vom Erdboden verschluckt, als hätte er diesen Ort nie betreten. So blickte der Älteste noch einmal gen Himmel, wo sich dunkle Wolken über die Dächer Stadt schoben und atmete noch einmal tief ein, ehe er zu den Menschen vor sich sprach.

»Meine Freunde, wie euch allen bewusst ist, wurden wir heute Nacht einem Schauspiel zuteil, das jeder Erklärung trotzt. Wer weiß warum, wurde unsere Stadt auserwählt, Einblick in eine Welt zu bekommen, die uns bislang verborgen blieb. Vielleicht hielten wir den Schlüssel zum Garten Eden in der Hand. Doch leichtfertig haben wir ihn durch unsere eigene Hand verspielt. Durchaus ist mir bewusst, dass ihr von uns Gelehrten Besseres erwartet habt. Doch vielleicht soll es so sein. Vielleicht sind wir noch nicht bereit, die Verantwortung zu tragen, die in diesem Geschenk lag. Vielleicht sollten wir es anderen Kräften überlassen, zu entscheiden, welche Inspirationen und Botschaften wir erhalten sollen, die unser Leben entscheidend leiten können. Vielleicht sollte Kum Adam der Einzige sein, der darüber wacht.«

Während der Älteste sprach und hoffte, dass seine Worte Anklang finden und für Besänftigung sorgen würden, fielen Regentropfen vom Himmel. So manch einer fühlte sich an die Geschichte des Händlers erinnert. Wie auch in der Erzählung begann ein warmer, aber heftiger Wind durch die Gassen der Stadt zu ziehen und kündigte bereits an, dass aus den wenigen Tropfen bald ein steter Regen werden würde. Ob des Wetterumschwungs sahen sich einige in der Menge bereits um, den Platz zu verlassen und so wie der Regen immer etwas Reinigendes in sich trägt, fiel es nun auch den Menschen leichter, ihren Zorn, ihre Wut sowie ihre Enttäuschung von ihren Seelen zu waschen und hinter sich zu lassen. Nach und nach drehten sie sich um und entfernten sich vom Platz. So manch einer blickte davor noch einmal auf die Gelehrten am Brunnen, bevor er sich umdrehte und war sich dabei uneins, ob die Worte des Ältesten ausreichten, um ein zufriedenstellendes Gefühl in ihm zu hinterlassen.

Tropfen um Tropfen färbte der Regen langsam aber sicher das helle Kopfsteinpflaster rund um den Brunnenplatz dunkel. Mit hörbarem Seufzen warf auch der alte Schmied noch einmal einen Blick in die Tiefe des Brunnens, um dann langsam die Stufen hinunter auf den Platz zu stapfen. Wortlos teilte sich die Menge vor ihm und gab dem groß gewachsenen Mann den Weg frei. Nach und nach leerte sich der Platz. Auch die Gelehrten zogen sich ihre Kapuzen über, um sich vor dem Regen zu schützen und wollten einen trockeneren Ort aufsuchen. Der Älteste, der gerade noch zu der Menge gesprochen hatte, sah zu, wie der Platz mehr und mehr menschenleerer wurde. Über sein

Gesicht rannen bereits einige Regentropfen, doch es machte ihm nichts aus. Es dauerte nicht lange, da waren die Menschen in die vom Platz wegführenden Gassen und in ihre Häuser verschwunden. Der Regen und seine dunklen Wolken hatten sie verscheucht. Nur ein weiterer der älteren Gelehrten blieb neben seinem Kollegen stehen. Auch ihm war aufgefallen, dass in dem Bild, das sich von ihrer erhöhten Position auf den Platz hinunter bot, etwas Wesentliches abwesend war. Und so fragte er seinen Gelehrtenkollegen neben sich, den er bereits viele Jahre kannte. »Wo ist der Händler hin verschwunden? Haben wir uns das alles etwa eingebildet?«

»Nur ein Traum?«, fragte ihn sein Kollege zurück, als sollte dies eine Antwort darstellen. Tatsächlich war von dem Händler nichts mehr zu sehen und damit der Einzige, der Klarheit verschaffen könnte, nicht aufzufinden. Es war, als wäre er vom Erdboden verschluckt. Enttäuscht und nicht wissend, was nun als Nächstes zu tun wäre, saßen die zwei Gelehrten auf den Steintreppen des Brunnens, während der Regen sich langsam aber sicher verstärkte und für Abkühlung in den Straßen der Stadt sorgen würde. Nicht nur fragten sie sich, warum der Händler sie wieder verlassen und mit so vielen Fragen zurückgelassen hatte, sondern auch, ob es mehr Fluch oder Segen war, dass er überhaupt jemals ihre Stadt betreten hatte. Der Regen hatte die vielen Menschen, die gerade noch auf dem Platz gestanden waren, rasch vertrieben und beim Anblick dieses menschenleeren Ortes könnte man schnell meinen; das, was die Gelehrten noch in ihren Erinnerungen der letzten Nacht nachhallen ließen, wäre nie passiert. Sie selbst begannen langsam aber sicher daran zu zweifeln, ob sie ihren Sinnen noch trauen konnten.

»Sieh nur!«, stieß einer der beiden seinen Kollegen da in die Seite und deutete auf eine Stelle vor ihnen auf dem Stadtplatz. Dort, wohin sein Finger zeigte, schien etwas Glänzendes am Boden zu liegen. Aus der Ferne konnten sie nicht genau erkennen, worum es sich handelte und so blickten sie sich verwundert an. Das wollten sie sich genauer ansehen. So erhoben sie sich von den Treppen und schritten neugierig zu dem Ort, wo ein Gegenstand einfach mitten auf dem Platz lag, dessen Natur sie aus der Ferne nicht klar einordnen konnten. Doch es schien ihnen sehr ungewöhnlich, dass jemand gerade hier mitten im Zentrum der Stadt seine Habseligkeiten einfach vergessen würde. Zudem glänzte der Gegenstand verführerisch, beinahe wie Gold. Das wollten sich die beiden näher ansehen und als sie sich dem Gegenstand am Boden näherten, beschlich sie eine befremdliche Ahnung. Schließlich nahm einer der beiden den Gegenstand und hob ihn hoch, sodass sie ihn besser betrachten konnten. Da fiel es ihnen wie Schuppen vor die Augen, worum es sich handeln musste. Es war eine Öllampe! Doch es konnte kein Zufall sein, dass sie sich mitten am Platz befand. Dies war keine beliebige Öllampe, zumal sie eine solche Bauart noch nicht gesehen hatten. Das Metallgehäuse war speziell behauen und glänzte in einem hellen Kupferton. Erstaunt drehte der Gelehrte die Lampe vor ihren Augen, um sie genau betrachten zu können. »Sieh nur! Da drin.« Sein Kollege deutete auf das Innere des Gehäuses hinter dem Lampenglas. Nun öffnete der Gelehrte die kleine Tür des Gehäuses, um einen genaueren Blick auf das zu werfen, was sich im Inneren der Öllampe befand. Genau an der Stelle, wo sich üblicherweise der Docht befand, fand sich ein kleines Häufchen Sand. Es war nicht mehr, als ein kleines Kind in seiner Hand halten konnte, aber es war genügend, um einen kleinen Haufen in der Öllampe zu bilden. Verblüfft und ungläubig blickten sich die alten Männer an. Beide war ihnen klar, dass dies kein normaler Sand sein konnte. Unmöglich konnte es ein Zufall sein, dass sie eine Öllampe, wie die, von der der Fremde erzählt hatte, nun auf dem Stadtplatz fanden und sich darin auch noch Sand befand. Ohne ein Wort zu sagen, hatte der Händler ihnen die Antwort gegeben, die einige der Gelehrten nicht abwarten konnten. Er war also wirklich der Junge, der diese abenteuerliche Geschichte erlebt hatte. Nicht nur war er als kleiner Junge in der Höhle des Sandmanns gewesen, sondern ganz offenbar war er dorthin zurückgekehrt. Die Öllampe war der Beweis dafür. Verblüfft blickten sich die beiden Gelehrten an, während ihnen immer mehr Wassertropfen des sich verstärkenden Regens über ihre Gesichter liefen.

»Er hat Sand für uns da gelassen,«, stieß es einem der beiden dann heraus. »Aber warum?«, entgegnete der andere. »Wusste er etwa…?«, führte er seinen Satz nicht weiter. Dann blieb Stille zwischen den beiden. Mit schleppenden Worten brachte schließlich einer von ihnen heraus. »Es ist der Stoff, aus dem die Träume sind. Doch was sollen wir damit tun? Ist er für uns gedacht?«

Da hob sein Kollege die Lampe an, verschloss das Türchen wieder und klemmte sich die Öllampe unter den Arm. »Wir sollten uns daran erinnern, womit alles begonnen hat und was uns überhaupt erst an diesen Punkt geführt hat. Ich denke, wir sollten diesen Sand nicht für uns verwenden. Lass ihn uns dem bringen, für den er bestimmt ist und der damit nichts anderes tun will, als seinen Frieden erlangen und damit Frieden über sein Land zu bringen. Komm, zum Palast ist es nur ein Stück.«

Zufrieden mit dieser Antwort stimmte der andere Gelehrte ihm mit einem stummen Nicken zu. So entfernten sich auch die beiden nun von dem Platz und ließen ihn leer zurück, um zum Palast zu gelangen und genau das zu tun, was sie für sich als ihre Aufgabe in dem Sand erkennen wollten. Wie auch in jedem Traum eine Botschaft für uns steckt, die uns im Leben leiten kann, erkannten sie, dass auch in dem kleinen Häufchen Sand der Öllampe eine Aufforderung für sie versteckt war, der sie nun vertrauen und folgen wollten.

Nachwort

Vielleicht lesen Sie dieses Buch gerade am Strand, im Garten oder einfach auf einer Parkbank. Ich hoffe, diese kleine Geschichte verleiht Ihnen ein Gefühl dafür, dass in unserer Welt noch nicht alles erforscht ist, noch längst nicht alles erklärt ist. Nein, vieles ist geradezu magisch, wenn Sie es nur zulassen und wir dürfen sehr wohl träumen und den Botschaften und Gefühlen nachgehen, die wir erhalten.

Viele Bekanntschaften, die wir auf unserem Weg machen, mögen zufällig erscheinen, führen uns jedoch genau auf den Weg, für den wir später Dank empfinden. Viele Ängste, die wir hegen, verschleiern manchmal lediglich das, auf das wir unsere Aufmerksamkeit richten sollten, um näher zu uns selbst zu kommen.

Lassen Sie das Licht in sich ein wenig scheinen und Sie werden damit Bereiche in Ihrer Welt erhellen, die Ihnen bisher verborgen geblieben sind.

Die kleine Giraffe Fili
ISBN: 978-3950421705

Wenn Mücken frühstücken
ISBN: 978-3950421798